VERGÍLIO FERREIRA:
A CELEBRAÇÃO DA PALAVRA

FERNANDA IRENE FONSECA

VERGÍLIO FERREIRA:
A CELEBRAÇÃO DA PALAVRA

LIVRARIA ALMEDINA
COIMBRA 1992

Deixo aqui o meu testemunho reconhecido a Júlio Resende por me ter oferecido, tão espontaneamente, algo que eu nunca ousaria pedir-lhe: um retrato de Vergílio Ferreira desenhado expressamente para a capa deste livro. Um desejo que o Armando Alves, amigo e generoso como só ele sabe ser, me ajudou a concretizar.

"L'homme a toujours senti — et les poètes ont souvent chanté — le pouvoir fondateur du langage, qui instaure une réalité imaginaire, anime les choses inertes, fait voir ce qui n'est pas encore, ramène ici ce qui a disparu. C'est pourquoi tant de mythologies, ayant à expliquer qu'à l'aube des temps quelque chose ait pu naitre de rien, ont posé comme principe créateur du monde cette essence imatérielle et souveraine, la PAROLE."

(E. Benveniste)

PREFÁCIO

*"O que é difícil não é demonstrar que uma obra
é excepcional: o que é difícil é ela sê-lo."*

(VERGÍLIO FERREIRA, *Conta-Corrente*)

Liga-me à obra de Vergílio Ferreira uma afeição antiga, nascida do deslumbramento que foi para mim, aos dezassete anos, a leitura de *Aparição*. Por coincidência curiosa, foi também aos dezassete anos — aluna do primeiro ano da Faculdade de Letras de Coimbra — que um outro fascínio me tocou: o do estudo da *linguagem*. Nascido, este, na esteira luminosa da pergunta que, em tom de convite à reflexão filosófica, Herculano de Carvalho nos lançava desde a primeira aula de *Introdução à Linguística*: "O que é a linguagem?". Pergunta difícil e perturbante, como são todas as perguntas simples, isto é, as perguntas que tentam, sem o conseguir, dar voz à mudez de uma *interrogação*. Não me apercebi, na altura, a que ponto essa mesma interrogação sobre a linguagem estava presente em *Aparição*. Só passados uns vinte anos se me impôs como evidência que, a partir de *Aparição,* a obra de Vergílio Ferreira gravita em torno do problema da *linguagem,* repercutindo com densidade filosófica e intensidade poética o eco da interrogação fundamental, sempre em aberto: "O que é a Palavra?".

Propus esta interpretação da obra vergiliana, pela primeira vez, num artigo publicado em 1986 – "Vergílio Ferreira: a Palavra, sempre e para sempre. Conhecer poético e teoria da linguagem". A escrita desse texto – que reprimi durante anos, em nome do que então julgava serem os meus deveres de "ofício" e de "imagem" como linguista – representou um momento de síntese e harmonização do meu gosto por domínios de estudo que, até aí, sempre cultivara em conflito: a Linguística, a Literatura e a Filosofia. Um conflito, ele também, vivido desde a adolescência: depois de longa hesitação, ao escolher o curso universitário, entre a Filosofia e a Literatura, esta venceu. Para ser depois por sua vez vencida, ao longo do curso, pela Linguística. Parafraseando Michel Butor quando disse ter-se tornado romancista por querer ser ao mesmo tempo, e sem conseguir decidir-se, filósofo e poeta, costumo às vezes dizer que escolhi a Linguística por querer escolher ao mesmo tempo, e sem conseguir decidir-me, Literatura e Filosofia... Resta dizer que nunca me arrependi de ter optado pela Linguística porque foi o estudo da *linguagem* que me revelou (e da forma mais directa, apesar de tudo) aspectos que hoje avalio como fundamentais na Literatura e na Filosofia.

Neste percurso, a minha longa intimidade com a obra de Vergílio Ferreira teve, a partir de certo momento, um poderoso e decisivo efeito catalisador. São disso testemunho os seis estudos vergilianos que aqui reuno em livro ([1]). Embora escritos em momentos e contextos diferentes, não hesito em afirmar que estes seis ensaios formam um todo coeso. Neles proponho, globalmente, uma interpretação da obra de Vergílio Ferreira como pesquisa poético-filosófica sobre a *linguagem*,

---

([1]) E que surgirão numerados de **1.** a **6.**, por ordem da data em que foram escritos.

sobre o mistério do *ser* e do *poder* da Palavra: indagação última, *questão-limite* para que converge e em que se intensifica uma indagação incansável sobre o Homem e o mistério da sua condição.

A este tema central se reconduzem outros aspectos que analiso na obra vergiliana, nomeadamente a reflexão filosófica sobre o *tempo* e a questionação literária sobre a *narração*, a *ficção* e a viabilidade do *romance*. Um conjunto de questões que se configuram como uma teorização produtiva – uma poética –, o que torna lícito considerar a obra de Vergílio Ferreira como uma das mais radicais e mais conseguidas pesquisas filosófico-literárias sobre a condição do Homem senhor e prisioneiro da Palavra que ele próprio criou. Porque sendo prisão – "irreal prisão de sons breves" (*Alegria Breve*) –, a Palavra é também liberdade, por ser força criadora: "E eis pois que a palavra surgiu na minha boca/.../ para que o mundo fosse de novo criado./.../. Porque a palavra cria e liberta." (*Invocação ao meu Corpo*).

Irrompendo em *Aparição* – obra de irradiação, onde está já tudo o que será marcante na obra subsequente de Vergílio Ferreira – como uma revelação que em *Invocação ao Meu Corpo* se expande com toda a resonância profunda de um alarme filosófico, é em *Para Sempre* que esta problemática atinge o seu ponto mais alto de consciencialização e depuração. *Para Sempre* consubstancia a tentativa de compreender as relações entre a *linguagem,* a *memória* e o *tempo,* relações configuradas nessa prática linguística milenária que é a *narração*. Lugar de convergência e de síntese produtiva que culmina todo um processo de pesquisa sobre a linguagem, *Para Sempre* concretiza poeticamente essa pesquisa como "procura da Palavra virgem e irradiante, a primeira e essencial...". Perseguida incessantemente, procurada em vão, a Palavra, ritmicamente celebrada na sua inacessibilidade, patenteia em *Para Sempre* o seu poder de criação narrativa do tempo, de projecção da ficção, em suma, configura e realiza a essencialidade do *romance*.

A obsessiva procura da Palavra encenada em *Para Sempre* metaforiza também a forma como, na obra vergiliana, a Palavra é incansavelmente perseguida por uma escrita em que a repetição, geradora de ritmo, se assume como processo criativo: "escrita excessiva" que, depois de encher milhares de páginas, continuou a transbordar impetuosamente em *Conta-Corrente,* reino de todos os excessos com relevo total para o excesso da paixão pela *escrita,* esse gesto básico de um ritual sempre recomeçado de celebração da Palavra.

Em Nome da Terra explicita e simboliza no ritual do *baptismo* a celebração do gesto verbal de criar — "Eu te baptizo, em nome da Terra /.../" — com que o Homem se investe de poder divino: "Deus criou o Mundo com palavras, vou-te criar até à morte.". Deus criou o Mundo com palavras, mas antes disso, no princípio de tudo, para poder criar Deus e fazê-lo criar o Mundo com palavras, criou o Homem a própria Palavra, gesto que prolonga o seu *corpo,* símbolo de finitude, e o projecta para a infinitude na interminável proliferação do sentido.

Momento de incessante repetição e recomeço da criação da Palavra, da criação pela Palavra, o texto literário é, na sua essência, invenção, ritmo e rito — exercício do poder da Palavra e celebração desse poder. A palavra literária de Vergílio Ferreira questiona e assume em plenitude a sua condição, cumprindo-se como pesquisa e realização, teoria e prática, ascese e apoteose: triunfo e celebração da Palavra.

Questionada pela reflexão filosófica, celebrada pela prática poética, perseguida pela escrita, a Palavra reina na vasta e densa obra de Vergílio Ferreira, obra que se perfila como um roteiro vivido da longa viagem que ele próprio descreveu como "O périplo de uma vida à procura da Palavra." (*Conta-Corrente*).

Propondo uma interpretação global da obra de Vergílio Ferreira, os textos aqui reunidos centram-se predominantemente, no entanto, na análise das cinco obras a que aludi — *Aparição, Invocação ao Meu Corpo, Para Sempre, Conta-Corrente* e *Em Nome da Terra*. Para justificar o destaque destas cinco obras no conjunto da obra vergiliana, poderia dizer que as considero particularmente importantes para ilustrar a interpretação que proponho. Poderia, mas essa razão emerge *a posteriori*, é o ponto de chegada da análise que delas fiz. No ponto de partida, a escolha foi determinada por algo muito mais simples: são as obras de Vergílio Ferreira que mais fundamente me tocam, ou, mais simplesmente ainda, são aquelas de que *gosto mais*. Só isso. Mas se, como é sabido, o *gostar* tem razões que a razão desconhece, não será legítimo que a razão faça um esforço para tentar conhecê-las?

Tal esforço constitui também um factor da unidade e coesão que reivindico para os seis ensaios aqui reunidos: sendo inseparáveis e complementares enquanto momentos da indagação e proposta de uma interpretação da obra vergiliana, eles formam também um todo, a nível mais profundo, por serem momentos de uma mesma tentativa de superar e compreender, pela racionalização, a *comoção_excessiva* que me provoca a sua leitura. O que nos fascina deixa-nos sem fala, mas com um desejo irreprimível de *dizer*. Perplexos, mas com uma argúcia acrescida para compreender. Escrever sobre a obra de Vergílio Ferreira foi um impulso que não pude reprimir, na urgência de encontrar as palavras que vêm depois do deslumbramento. Na premência de dar forma às ideias claras que se geram no sentir obscuro e intenso. Na necessidade de inventar a presença do Outro-Leitor para o fazer habitar comigo esse espaço inabitável de solidão que me abre a escrita vergiliana ao fazer-me descobrir que os momentos mais terríveis de solidão são aqueles em que sinto que alguém está comigo e esse alguém sou *EU*.

Se explicar é retirar o mistério, *interpretar* é deixar o mistério intocável e sermos nós tocados por ele. Interpretar, diz -nos Ricoeur, é realizar um processo de *apropriação* em que a interpretação do texto se consuma como auto-interpretação de um sujeito que, querendo compreender melhor o texto, quer também e sobretudo compreender-se melhor a si mesmo[2] .

Interpretar uma obra é, assim, produzir um discurso só aparentemente argumentativo porque não visa, afinal, transformar a opinião do Outro sobre essa obra, mas apenas torná-lo testemunha cúmplice da transformação que ela operou em nós. Assumidamente interpretativos, nascidos como prolongamento, catarse e exorcismo de uma *comoção excessiva,* os meus textos sobre a obra de Vergílio Ferreira cumprem também, à sua medida, um ritual de celebração.

---

[2] Cf. P. Ricoeur, *Du Texte à l'Action,* Paris, Seuil, 1986, p.152--153: "/.../ l'interprétation d'un texte s'achève dans l'interprétation de soi d'un sujet qui désormais se comprend mieux, se comprend autrement, ou même commence de se comprendre."; "/.../ en caractérisant l'interprétation comme appropriation, on veut souligner /.../ la fusion de l'interprétation du texte à l'interprétation de soi-même."

1. Vergílio Ferreira: a Palavra, sempre e para sempre. Conhecer poético e teoria da linguagem. ([1])

> " *Peut-être les poètes et les enfants, c'est à dire ceux, parmi les usagers de la langue qui savent mieux en* joeur *et en* jouir, *en ont-ils plus à nous apprendre sur le langage que les spécialistes.* "
>
> (MARINA YAGUELLO, *Alice au Pays du Langage*)

"Linguista sum, linguistici nihil a me alienum puto". Era inevitável, ao iniciar esta minha primeira incursão em domínios afins à Literatura, lembrar Jakobson e a sua bela paráfrase de Terêncio([2]). Não o faço, porém, para me escudar contra qualquer possível acusação de ilegitimidade, nem muito menos em jeito de pedido de desculpa. Estou profundamente de acordo com o mesmo Jakobson quando reclama para o linguista

---

([1]) Este estudo reproduz, com algumas alterações, uma comunicação, com o mesmo título, apresentada ao Colóquio "Teoria da Linguagem/ Teoria da Literatura" (Évora, Março de 1986) e publicada depois na *Revista da Faculdade de Letras, Série Línguas e Literaturas,* vol. III, Porto, 1986.

([2]) R. Jakobson, "Le Langage commun des linguistes et des anthropologues" in *Essais de linguistique Générale,* Paris, Minuit, 1963, p. 27.

não só o direito mas também o *dever* de estudar o fenómeno literário em toda a sua extensão e engloba numa mesma acusação de "flagrantes anacronismos" quer o linguista surdo à linguagem poética quer o estudioso da Literatura indiferente aos problemas linguísticos ([3]).

A relação entre Linguística e Literatura costuma ser encarada, de um modo geral, bastante unilateralmente: o que é visado é o contributo da ciência da linguagem – e talvez mais ainda, actualmente, de uma sua versão mais alargada, a Semiótica, ciência das linguagens – para a compreensão do texto literário. Já o inverso, isto é, o estudo do fenómeno literário como contributo para uma melhor compreensão da linguagem e seu funcionamento, é um aspecto deixado na sombra([4]). Ao tentarem propor modelos e hipóteses teóricas sobre a linguagem, os linguistas procuram que esses modelos dêem conta da linguagem dita "corrente". A linguagem poética, quando encarada, só o é pela via do desvio, da infracção, sendo concebida, portanto, como um excedente, como uma manifestação anormal da prática linguística ([5]). Creio, no

---

([3]) R. Jakobson, "Linguistique et Poétique", *ob. cit.*, p. 248.

([4]) Não podemos deixar-nos iludir pela utilização sistemática que em certa época faziam os linguistas de *corpora* constituídos por exemplos extraídos de textos literários. Quando essa prática era corrente o linguista só procurava, na utilização de exemplos literários, uma garantia (em nome de um critério de autoridade) da autenticidade das frases analisadas (*frases*, note-se). Tratava-se, pois, de uma utilização inespecífica e claramente abusiva que não hesito em considerar uma manifestação de desrespeito pelo texto literário.

([5]) Esta crítica que faço aos linguistas em geral obriga-me a um duplo esclarecimento. Primeiro, ela envolve também uma auto-crítica: eu própria, num artigo de 1983, aludi ao contributo da Linguísitica ao estudo do texto literário como sendo um meio de "/.../mieux saisir la différence à partir de la régularité, l'originalité à partir de la banalité." ("Deixis et

entanto, que nenhum modelo do funcionamento da linguagem (linguagem "tout court", sem adjectivos) será completo e adequado se não incluir, ao menos potencialmente, a explicação do fenómeno literário. Toda a teoria da linguagem é também teoria da literatura (e vice-versa). E a própria criação literária, enquanto manifestação de uma vivência da língua, enquanto conhecimento poético da linguagem, enquanto teorização produtiva, representa já, só por si, um importante contributo para a teoria da linguagem. É deste último aspecto que quero ocupar-me no presente estudo.

Conhecer poético

A actividade linguístia é fundamentalmente uma actividade cognoscitiva[6]. Na criação poética, enquanto

---

anaphore temporelle en portugais" in *Actes du XVII Congrès International de Linguistique* et Philologie Romanes, Aix-e-Provence, 1983, vol. IV, p. 391). Segundo, esta minha crítica não exclui o reconhecer que há excepções: basta pensar no caso exemplar de Harald Weirich que sempre baseia em textos literários (*textos,* não frases) as suas penetrantes análises de factos linguísticos. Textos literários que não encara como «desvios» ou «infracções» mas antes como manifestações naturais (as mais naturais?) da prática linguística. Atente-se no seguinte comentário de Weinrich, que contém uma crítica implícita ao carácter artificial que tantas vezes têm os exemplos da «linguagem corrente» utilizados pelos linguistas: «La littérature nous offre encore une fois, des situations plus naturelles»(H. Weinrich *Tempus.* Kohlhammer, Suttgart, 1964, tradução francesa *Le temps,* Seuil, Paris, 1973, p. 79).

[6] Cf. Herculano de Carvalho: «/.../aquilo que constitui primariamente a essência da linguagem é, como destacou E. Coseriu em conexão com Cassirer, a sua natureza de actividade cognoscitava.» («Inovação e criação na linguagem. A metáfora» in *Estudos Linguísticos,* II, Coimbra, Atlântida, 1969, p. 108). Vejam-se também as páginas que o

actividade linguística que essencialmente é([7]), acentua-se essa mesma função cognoscitiva: a criação poética constitui, antes de tudo, a formulação/descoberta de uma mundividência, de um conhecimento. De um *conhecer poético,* na expressão de Herculano de Carvalho: *"Poesia* é pois para nós sinónimo de *conhecer poético,* isto é de uma forma específica de apreensão cognitiva do mundo do real"([8]).

Atentando em que a linguagem é, além de meio, também objecto de conhecimento, a criação poética constitui um momento excepcionalmente fecundo do exercício da bem conhecida capacidade introspectiva da linguagem que costuma ser designada como actividade *metalinguística.* Toda a criação poética é, assim, implicitamente, uma actividade metalinguística, enquanto manifestação de um conhecimento directo, vivencial, da linguagem através de si própria([9]).

---

mesmo autor consagra ao «Conhecimento como função interna da linguagem» in *Teoria da Linguagem,* I, Coimbra Atlântida, 1967 pp. 29--36. A aproximar igualmente da concepção de linguagem como «sistema modelizante do mundo» de Jurij Lotman e da escola soviética de semiótica de Tartu (ver V. M. Aguiar e Silva, *Teoria da Literatura,* 4.ª edição, Coimbra, Almedina, 1982, pp. 88 e segs.).

([7]) «/.../aquilo a que chamamos acto poético não é inicialmente outra coisa senão um acto de fala; não é *todo o acto verbal* mas é *sempre um acto verbal.»* (J. Herculano de Carvalho «Sobre a criação poética» in *Estudos Linguísticos,* II, p. 174). Cf. também V. M. Aguiar e Silva, *ob. cit.,* p. 544: «O texto literário, nas suas estruturas semânticas, sintácticas e pragmáticas, é possibilitado e regulado originária e substantivamente por mecanismos de semiose literária actualizados pelo autor e pelo leitor — mecanismos de semiose literária *que pressupõem necessariamente e que potenciam todas as virtualidades dos mecanismos da semiose linguística.»* (sublinhado por mim).

([8]) J. Herculano de Carvalho, «Conhecer poético e símbolo», in *Estudos Linguísticos,* III vol., Coimbra, Coimbra Editora, 1984, p. 265.

([9]) «A poeticidade vai assim ao ponto de a linguagem se focar a si própria; e até expressamente, enquanto metalinguagem», afirma Jacinto

Um conhecimento que é o resultado de uma comunhão (e de uma ascese) e que estaria para a Linguística como o conhecimento místico para a Teologia...

Em certos criadores literários, a força dessa vivência da linguagem, desse conhecer poético, é tão grande que acaba por explicitar-se e o poeta desdobra-se num teórico da linguagem[10]. É bem conhecido o caso de Paul Valéry, a quem foi inclusivamente consagrado um estudo intitulado *Paul Valéry Linguiste* [11]. E há outros exemplos dessa "junção inseparável" a que se refere Jakobson quando diz, a propósito de Novalis: "/.../j'ai été enchanté à jamais de découvir chez-lui, comme en même temps chez Mallarmé, la jonction inséparable du grand poète avec le profond théoricien du langage"[12].

Entre nós destaca-se o caso de Vergílio Ferreira em cuja obra encontramos, a partir de certa altura, uma reflexão explícita sobre a linguagem. Surpreendemo-la nos ensaios, nomeadamente em *Invocação ao meu Corpo* — obra

---

Prado Coelho no seu artigo «Vergílio Ferreira: um estilo de narrativa à beira do intemporal», in *Ao Contrário de Penélope,* Lisboa Livraria Bertrand, 1976, p. 288.

[10] O caminho inverso também já tem sido percorrido: o teórico da linguagem desdobra-se em criador literário. A todos ocorrerá o caso de Roland Barthes.

[11] J. Schmidt-Radefeldt, *Paul Valéry linguiste dans les Cahiers,* Paris, Klincksieck, 1970.

[12] *Apud* T. Todorov, *Théories du Symbole,* Paris, Seuil, 1977, p. 340. Cf. também M. Yaguello, *Alice ai Pays du Langage* , Paris, Seuil, 1981, p. 13: «Les mots sont au poéte /.../ un matériau vivant à façonner avec amour et pour le plaisir — ce qui n'exclut pas la réfléxion théorique. Queneau, Vian, Perec, Mallarmé, Palhan, Jarry, Breton, Apollinaire, Lewis Carroll et bien d'autres peuvent être considérés, à des degrés divers, comme des théoriciens du langage».

extremamente original que se impõe estudar mais a fundo e incluir entre as "obras maiores" de Vergílio Ferreira[13] —; no *Prefácio* à tradução portuguesa de *As Palavras e as Coisas* de M. Foucault[14]; em vários passos de *Contra-Corrente* e mesmo em alguns dos seus romances. Em *Rápida, a Sombra,* por exemplo, a foca a problemática da linguagem pela via da ironia, troçando do discurso teórico da Linguística (estruturalista). Mas, dentre os seus romances, é sobretudo em *Para Sempre* que o tema da linguagem é explicitamente tratado, estando até incluída no romance (pela voz de um professor que

---

[13] Poucos meses depois de ter escrito este texto (que foi apresentado em Março de 1986 no Colóquio *Teoria da Linguagem/Teoria da Literatura,* em Évora) tive o gosto de ler no vol. IV de *Conta-Corrente* (saído em Junho de 1986) o seguinte desabafo de Vergílio Ferreira: »/.../releio *Invocação ao meu Corpo* /.../ e descubro inesperadamente que escrevi um bom livro de que praticamente ninguém deu conta /.../. Creio que disse alguma coisa de novo. De qualquer modo, *vivi-o* pessoalmente, assim por força algo de novo devo ter assinalado. E é quanto basta para prezar o meu livro e estranhar que quase ninguém tenha dado conta dele, como têm que dar conta amanhã. Porque ele é absolutamente novo na nossa tradição literária, ó ingratos! e mesmo, bons deuses, filosófica. Se não é, é favor dizerem-no para eu tomar nota e o juízo que puder. E amochar.» (*Conta-Corrente 4,* p. 46). Dessa estima «um pouco clandestina» que tem por *Invocação ao meu Corpo* dá também conta Vergílio Ferreira num passo da carta que me escreveu após ter lido a versão deste artigo apresentada em Évora: «É de passagem quero agradecer-lhe emocionado o admitir seja considerado um dia uma das minhas «obras maiores» o *Invocação ao meu Corpo,* que eu tenho estimado um pouco clandestinamente pela razão de quase ninguém o ter referenciado em destaque». (Agradeço a Vergílio Ferreira ter-me autorizado a transcrever aqui este passo da carta que me endereçou em 25-04-86).

[14] Intitula-se esse Prefácio «Questionação a Foucault e a algum estruturalismo» e ocupa as páginas XXI a LV da tradução portuguesa de *As Palavras e as Coisas* de M. Foucault (Lisboa, Portugália Editora, 1968).

dá uma aula na Universidade) uma exposição teórica sobre Filosofia da Linguagem[15].

Nas reflexões que faz sobre a linguagem nestes (e noutros) pontos da sua obra são focados por Vergílio Ferreira temas clássicos da Filosofia da Linguagem como o das relações linguagem-pensamento, o do relativismo linguístico do conhecimento, o da arbitrariedade do signo linguístico. A extensão e profundidade da sua reflexão sobre a linguagem conferem a Vergílio Ferreira o direito de ocupar um lugar de relevo no panorama, quase deserto entre nós, da Filosofia da Linguagem[16]. Tenciono ocupar-me desse assunto num outro estudo[17]. No presente interessa-me sobretudo analisar o que Vergílio Ferreira nos diz sobre a linguagem a um outro nível: aquele que já referi como o do conhecer poético. Em Vergílio Ferreira é aliás impossível separar o filósofo do poeta, o conhecimento discursivo, racional, da vivência poética. Como ele próprio diz:

«O que a arte nos ensina não é puro discernimento, é a relação mais profunda de nós próprios como o mundo, é verdadeiramente o ver». (*Espaço do Invisível*, I, p. 35).

---

[15] Ver, neste mesmo volume, o estudo **5.**, "Para Sempre: ritmo e eternidade".

[16] Um lugar no âmbito da Filosofia da Linguagem e também da Filosofia geral: *Um filósofo lusitano: Vergílio Ferreira* é o título de um estudo de José Rafael de Menezes publicado em «Convivium» (Revista Brasileira de Filosofia) e reproduzido em Hélder Godinho, org., *Estudos sobre Vergílio Ferreira,* Lisboa Imprensa Nacional-Casa da Moeda, 1982, pp. 307-319.

[17] Ver, neste mesmo volume, o estudo **6.** "Da subjectividade do corpo à subjectividade da linguagem".

Ao estudar a teorização explícita sobre a linguagem em qualquer criador literário não deveremos, pois, separá-la da sua raiz, dessa parte subterrânea que se confunde com a própria criação poética e em relação à qual as formulações teóricas explícitas não são mais que prolongamentos externos.

Este estudo constitui, a meu ver, uma tarefa fascinante para o linguista. Entre as duas formas de conhecer a linguagem — a do poeta e a do linguista — há certamente diferenças, desde a base. Não creio, no entanto, que devam ignorar-se. Nem muito menos antagonizar-se.

Do alto (do fundo...) do seu conhecer poético da linguagem, Paul Valéry afirmou:

«La linguistique ne nous apprend rien d'essentiel sur le langage»[18].

Não é necessariamente esta conclusão que o linguista deverá tirar — numa atitude suicida — da sua pesquisa sobre o conhecer poético da linguagem. Mas não deverá também opôr-se a esse tipo de conhecimento, ou simplesmente ignorá--lo, entrincheirando-se numa — não menos suicida — obsessão de cientificidade. Oscilantes entre esta duas tendências suicidas estão, aliás, sempre as Ciências Humanas: a sua própria designação contém dois termos que se desgladiam internamente, como já tão bem o exprimiu Lévi-Strauss ao dizer que as Ciências Humanas serão tanto mais ciências quanto menos humanas.

Confessada ou inconfessadamente, o linguista é extremamente sensível às intuições sobre a linguagem que

---

[18] *Apud* J. Schmidt-Radefeldt, *ob cit.*, p. 11.

encontra nos textos poéticos. A prova disso é que as escolhe frequentemente como *epígrafe* para os seus livros, os seus capítulos, os seus artigos. O que manifesta claramente, a meu ver, o fascínio que lhe despertam essas corporizações ágeis de um conhecimento poético da língua. Citá-las em *epígrafe* é, afinal, por parte do linguista, uma forma indirecta de confessar o seu intenso amor à língua. Nem será preciso lembrar J. -C. Milner e a sua bela obra *L'Amour de la langue*[19] para provar que todo o linguista, mesmo quando usa as formas mais "secas" e "científicas" de abordagem da língua, é guiado, em última análise, pelo seu amor à língua e pela sua intuição. E não resiste, por vezes, a "pedir emprestadas" ao poeta (o amante assumido da língua) certas formulações geniais das suas próprias vivências e intui-ções. Vivências e intuições que ele, linguista, por dever (ou por convenção?) de ofício só pode exteriorizar sob o aparato (o disfarce) do discurso científico. Paixão recalcada, fascínio por uma linguagem proibida, "voyeurisme"... Seriam sem dúvida estas algumas das pistas a explorar para compreender a função das *epígrafes* poéticas em textos de Linguística.

A importância do conhecer poético como teoria da linguagem tem sido, pois, reconhecida, ao menos implicitamente, pelos linguistas. Vou tentar mostrar quão fecunda pode ser a sua consideração explícita, debruçando-me sobre a obra de Vergílio Ferreira, manifestação das mais flagrantes desse conhecer/conviver íntimo e directo – poético – da linguagem.

---

[19] J.-C. Milner, *L'Amour de la langue,* Paris, Seuil, 1978.

Aparição da Palavra

Vergílio Ferreira. A Palavra. A procura da Palavra. Procura obsessiva. Sempre. Para sempre. As múltiplas formas de abordagem da obra de Vergílio Ferreira conduzem quase sempre a um levantamento de «temas obsessivos», na expressão de Eduardo Lourenço[20], temas que se materializam em certas palavras-chave, «predilecções vocabulares», «obsessões verbais», como as designa Óscar Lopes[21].

A linguagem (que Vergílio Ferreira sempre designa, de forma poética, como a *Palavra*) só raramente terá sido apontada como um desses temas obsessivos. Constitui claramente, no entanto, um dos temas fundamentais da obra de Vergílio Ferreira. Eu iria ao ponto de afirmar – o seu tema por excelência. A «obsessão temática» susceptível de representar o denominador comum às várias predilecções verbais/temáticas a cuja detecção tanto se presta, tanto se tem prestado, a obra vergiliana.

Não estou a tentar escamotear o lugar central que aí ocupa o Homem (com maiúscula), o Homem – problema existencial. Pelo contrário. Porque a linguagem, a *Palavra,* surge exactamente em Vergílio Ferreira como primeira e última instância da definição do Homem e da sua relação com o mundo:

---

[20] Cf. Eduardo Lourenço, " Mito e obsessão na obra de Vergílio Ferreira", comunicação ao *Colóquio-Homenagem a Vergílio Ferreira* (Porto, Maio/Junho 1977), in Hélder Godinho, org., *ob. cit.,* pp. 381-338.

[21] Óscar Lopes, Comunicação ao *Colóquio-Homenagem a Vergílio Ferreira* (Porto/Maio Junho 1977) in Hélder Godinho, org., *ob. cit.,* pp. 486 e 487.

«Uma consciência só se exerce, só realmente existe, se encarnada na *palavra*. Assim, pois, a palavra é a expressão definitiva do homem». (*Invocação ao meu Corpo*, p. 290).

Primeira e última instância que não passa, afinal, de uma ilusão. Uma ilusão à qual o homem se agarra para sempre, porque não há outra:

«/.../nenhuma outra ilusão vem render a ilusão que nos toma dentro de uma língua – porque é dentro dela que tudo tem de resolver-se». (Prefácio a *As Palavras e as Coisas*, p. XLIII).

Quando Eduardo Lourenço fala, a propósito de Vergílio Ferreira, do «/.../silêncio do homem obrigado à ficção para se crer existente»[22], esta «ficção» é, quanto a mim, a própria linguagem, a *Palavra*.

Em *Aparição* surge já bem clara, com a «aparição» da Palavra, a consciência dessa ficção:

«Como, Carolino? Sabes então já a ilusão das palavras, acaso a fragilidade de um encontro através delas?» (*Aparição*, p. 76).

Este o comentário interior de Alberto Soares à narração hesitante e agustiada que lhe fizera o Bexiguinha do seu embate com a opacidade da palavra:

«– Também fiz outra experiência, Senhor Doutor.
– Que experiência?

---

[22] Eduardo Lourenço, art. cit., p. 38.

— Bem, não sei como explicar. É assim: *mastigar as palavras.*
— Mastigar as palavras?
— Bem... É assim: a gente diz *pedra, madeira, estrelas* ou qualquer coisa assim. E repete: *pedra, pedra, pedra.* Muitas vezes. E depois *pedra* já não quer dizer nada» ([23]). (*Aparição,* pp. 75-76).

Fulgurante, nesta «experiência» de Carolino, o irromper da materialidade do significante, a «aparição» da palavra: espanto, grito, iluminação, alarme. «Aparição», no fundo, da verdadeira condição do homem (tantas vezes invocada em *Aparição:* «Se tu viesses, imagem da minha condição... Se aparecesses... (p. 44)).* Condição do homem prisioneiro da Palavra que ele inventou (inventa) mas que também o inventou (inventa); do homem dependente dessa palavra – sinal – objecto cuja transparência lhe é tão indispensável como o ar que respira e cuja opacificação é, assim, sentida como uma angustiante «falta de ar» (afirmará Vergílio Ferreira em *Conta-Corrente:* «/.../ela é a nossa respiração do mundo, aLíngua» (I, p. 229).

([23]) A escolha da palavra *pedra* não é aqui indiferente: ela intensifica a *dureza* do embate com a materialidade do significante. E está em consonância com uma afirmação que surge antes, na mesma obra: «Mas as palavras são pedras» (*Aparição,* p. 44). Acode aliás frequentemente ao espírito de Vergílio Ferreira a palavra *pedra* quando fala da linguagem: «As palavras são então como as pedras» (*Alegria Breve,* p. 90); «Tu dizes «pedra» ou o pensas, tu dizes «pão», «água» e tudo isso se instala plenamente, densamente, numa totalidade disso e de ti» (*Invocação ao meu Corpo,* p. 292); «Que é uma palavra? Que é a fala? Terei que dar um nome às pedras e às estrelas. E só então elas serão a desgraça e a beleza.» (*Alegria Breve,* p. 94).

Aparição tem sido a vários títulos considerada uma obra – ponto de partida, de (re)início, uma das obras que, no conjunto da produção de Vergílio Ferreira, constituem o que Maria Alzira Seixo refere como: «/.../ilhas conceptuais que funcionam como hipóteses de saltos epistemológicos numa caminhada narrativa que se assu-me fundamentalmente como a caminhada do homem» [24].

Parece-me indiscutível que *Aparição* é também um ponto de partida da pesquisa de Vergílio Ferreira empreende no âmbito da problemática da linguagem, da *Palavra*. Também em relação a este problema, talvez sobretudo em relação a ele, Vergílio Ferreira poderia dizer, com o narrador de *Aparição,* que nunca «soube inventar outro»:

> «Portanto eu tinha um problema: justificar a vida em face da inverosimilhança da morte. E nunca mais até hoje eu soube inventar outro». (*Aparição,* p. 48).

Aliás o tema obsessivo da *Morte* (eu preferiria dizer o tema obsessivo da *Vida,* pois na mundividência de Vergílio Ferreira a Morte funciona claramente como um écran negro em que se inscrevem e destacam com redobrada nitidez os contornos bri-lhantes da Vida) [25] está intimamente ligado ao da *Palavra*. Só a Palavra por dizer permanece para além da Morte («As palavras são a morte das coisas»). Como constata Jaime em *Alegria Breve:*

---

[24] Maria Alzira Seixo, *Discursos do Texto,* Lisboa, Livraria Bertrand, 1977, p. 181.

[25] Eduardo Lourenço, art. cit., p. 386: «A morte é vida negada, mas nessa negação a sua suprema fulgurância. É sobre um fundo de morte que se recorta a «breve alegria» em que Vergílio Ferreira resume, num dos seus mais perfeitos romances, a essência mesma da aventura humana».

«Mas ao fim de todas as mortes, nos limites do silêncio, há um fantasma sem nome, oblíqua presença de nada. Se eu pudesse dar-te um nome — a ti quê? quem? Só assim te mataria talvez. Um nome — rede invisível, irreal prisão dos sons breves» (*Alegria Breve,* p. 136).

Ser capaz de dizer exorcisa, liberta, mas mata. A morte de Deus consumou-se no próprio acto de lhe ser dade um nome. É o que não se conseguiu ainda dizer que permanece vivo. Daí a pro-cura incessante do que está ainda por dizer. Na formulação feliz de Maria da Glória Padrão: «À procura do nome, da voz, da música, da palavra não dita, se tece o texto espantado e comovido de Vergílio Ferreira»[26].

A pesquisa da Palavra confunde-se, assim, como a pesquisa da condição humana. Uma procura obsessiva, até ao fim. Em *Para Sempre,* que quis ser romance do Fim, fim da procura, fim da existência, a Palavra ainda não foi encontrada.

«Sei que o livro [*Para Sempre*] há-de ser a procura da palavra virgem e irradiante, a primeira e essencial...» (*Contra-Corrente,* II, p. 264).

Primeira ou última? Fim ou princípio?

«/.../aqui estou. Vida finda /.../. A palavra ainda, se ao menos. A palvra final. A oculta e breve por sore o ruído e a fadiga. A última, a primeira». (*Para Sempre,* p. 16).

---

[26] Maria da Glória Padrão, "O texto e a voz", comunicação ao *Colóquio-Homenagem a Vergílio Ferreira* (Porto, Maio/Junho 1977) in Hélder Godinho, org., *ob. cit., p. 463.*

«/.../a palavra primordial, a da loucura, a palavra informulada anterior posterior a todo o vozear do mundo. A palavra do abismo». (*Para sempre*, p. 108),.

Em *Para Sempre* a procura da Palavra intensifica-se, torna-se obsessiva. As interrogações sucedem-se como soluções precárias (a formulação de uma pergunta é já uma solução, pois uma interrogação antes de ser procura de uma resposta é procura de uma formulação[27], mas até ao fim há uma palavra por dizer, há algo que permanece vivo:

«Há uma palavra qualquer que deve poder dizer isso, não a sabes — e porque queres sabê-la? É a palavra que conhece o mistério e que o mistério conhece — não é tua». (*Para Sempre*, p. 306).

Procura em labirinto, procura interminável. Uma porta que se abre dá sempre para outra porta: o infinito humano está encerrado na finitude do homem. Até ao fim ([28]) e para sempre: pesquisa da Palavra, pesquisa do Homem, pesquisa da Palavra enquanto ser do Homem («A Palavra é para ser, sem ela não sou»). Da Palavra que o Homem diz e que o diz. Da Palavra a que o Homem dá existência dando-se existência:

([27]) «A interrogação alarmou-nos, ela acabou em pergunta» (*Invocação ao meu Corpo*, p. 21).

([28]) Com esta insistência no uso da expressão "até ao fim" não pretendi aludir ao título do romance de Vergílio Ferreira: nem poderia fazê-lo, pela razão óbvia de que, à data da primeira publicação deste texto (em 1986 e onde já constava a tríplice ocorrência da expressão "até ao fim") o romance *Até ao Fim* (1987) ainda não tinha sido publicado. Posso, pois, dizer, usando a expressão consagrada, que se tratou de "mera coincidência".

«/.../a palavra é a expressão definitiva do homem».
(*Invocação ao meu Corpo*, p. 290).

«/.../le langage enseigne la définition même de l'homme»([29]).

O Homem na e pela Palavra

Inevitável citar Benveniste. Irresistível o paralelo, flagrante a coincidência da concepção humanista da linguagem em Vergílio Ferreira com a do autor de «L'homme dans la langue» e de «Le langage et l'expérience humaine», com o linguista que melhor compreendeu e explicitou que o homem se define «dans et par le langage»([30]).

O Homem na e pela Palavra seria também uma formulação bem adequada à temática da obra de Vergílio Ferreira, como tentei mostrar.

Trata-se de uma coincidência, é evidente. Seria impossível supor uma «influência» de Benveniste em Vergílio Ferreira: aliás *Aparição*, onde irrompe já a temática da linguagem, é anterior à parte mais representativa da obra de Benveniste.

Vergílio Ferreira virá, mais tarde, a ler Benveniste, a quem se refere em*Conta-Corrente*. Mas é bem visível que este linguista não o tocou muito([31]), tendo Vergílio Ferreira

---

([29]) E. Benveniste, «De la subjectivité dans le langage» in *Problèmes de Linguistique Générale* I, Paris, Gallimard, 1966, p. 259.

([30]) E. Benveniste, «Le langage et l'expérience humaine», in *Problèmes de Linguistique Générale II*, Paris, Gallimard, 1974, p. 67.

([31]) Vergílio Ferreira não mostra nunca grande sintonia nem com os linguistas nem com a Linguística. Diz em *Conta-Corrente* (I, p. 360) referindo-se a uma sua conversa com um professor de Linguística: «Linguística à baila. Derrida, Foucault. Não acertámos ideias. Para mim a febre

identifica do Benveniste com as posições anti-humanistas do estruturalismo ortodoxo.

Data justamente do contacto de Vergílio Ferreira com o estruturalismo (contacto difícil, polémico, traumático) o seu interesse explícito pela problemática da linguagem. Ele próprio o diz, em *Conta-Corrente:*

> «O estruturalismo pôs-me o problema grave (o único) da significação da linguagem. Como é que os romancistas se não preocupam com esta coisa tremenda que é o alcance da palavra com que escrevem?». (*Conta-Corrente*, I, p. 27).

Na realidade esse «problema grave (o único)» já se lhe tinha posto antes, pelo menos desde *Aparição*. Essa «coisa tremenda» já o preocupava profundamente há muito tempo. Só que talvez não o soubesse. A sua afinidade com Benveniste, também Vergílio Ferreira a não sabe: ao referir-se a Benveniste, em *Conta-Corrente,* classifica até de «inconcebível absurdo» uma sua tese:

> «A tese de Benveniste é que a subjectividade é uma consequência ou construção a partir do uso do pronome pessoal *eu*: o *eu* é o que diz *eu* como sujeito do discurso. Inconcebível absurdo!» (*Conta-Corrente*, I, p. 123).

---

da Linguística tem um significado negativo». E num passo bem conhecido de *Rápida, a Sombra* fustiga de ridículo as terminologias ocas que estiveram em voga nos momentos mais delirantes da «moda» da Linguística. Esta «antipatia» por um certo tipo de Linguística é uma atitude normal nos poetas: basta pensar, por exemplo, na afirmação de Paul Valéry já antes citada («La Linguistique ne nous apprend rien d'essentiel sur le langage») ou no poema «Exorcismo» de Carlos Drummond de Andrade.

Vergílio Ferreira inclui, pois, Benveniste no conjunto que Eduardo Prado Coelho diz ser para ele esse «adversário constante» constituido por: «/.../todas as formas de pensamento que procuram ou reduzir o *eu* a um mero efeito de determinadas máquinas estruturais, ou reduzir o *eu* mesmo a um lugar, isto é, a uma topologia»[32].

É um facto que Benveniste, ao dar relevância ao dispositivo formal da enunciação, ao trazer para a luz o carácter eminentemente deíctico da linguagem, concebe o *eu* do locutor como um centro a partir do qual se desenha uma rede de referência topológica. Mas a *deixis* está longe de se esgotar numa topologia.

Torna-se bem claro em Benveniste e no desenvolvimento da linguística pós-benvenistiana (na Teoria da Enunciação que dele se reclama, mas não só) que o colocar da problemática deíctica no centro da reflexão sobre a linguagem esteve longe de se cifrar num mero contributo a uma linguística formal e desumanizada. Pelo contrário: os deícticos revelaram-se como o «calcanhar de Aquiles» de qualquer formalização do sistema linguístico que se queira apresentar como «invulnerável» ao homem e às suas circunstâncias[33].

A consideração do *eu,* do sujeito da enunciação, postulando um *tu* e com ele constituindo o centro da irradiação da linguagem, consideração-base numa Teoria da Enunciação, abriu caminho ao aparecimento de uma Linguística vivamente interessada por todos os aspectos humanos do uso da linguagem.

O que não está em desacordo com a preocupação formal que caracteriza a rigorosa pesquisa de Benveniste sobre as

---

[32] Eduardo Prado Coelho, comunicação ao *Colóquio-Homenagem a Vergílio Ferreira* in Hélder Godinho, org., *ob. cit.,* p. 343.
[33] Cf. Fernanda Irene Fonseca, art. cit., p. 381.

línguas. A importância fundamental do contributo de Benveniste cifra-se justamente no facto de ter procurado enraizar e fundamentar a inserção do homem na língua, demonstrando a sua inscrição no próprio sistema formal das línguas naturais.

Sistema formal e uso (*langue e parole*, na terminologia saussureana) são tão inseparáveis como são (e porque são) inseparáveis a língua e o homem:

> «Nous n'atteignons jamais l'homme séparé du langage et nous ne le voyons jamais l'inventant /.../ C'est un homme parlant que nous trouvons dans le monde, un homme parlant à un autre homme, et le langage enseigne la définition même de l'homme»[34].

A língua, enquanto sistema formal, guarda em si as marcas da sua origem, que se confunde com a do homem. Origem remota e sempre actual(izada), que se identifica com a situação de um homem face a outro homem, no centro do Mundo, no princípio e no fim do tempo, procurando, na ilusão da Palavra, remediar uma irremediável solidão:

> «/.../se reflète dans da langue l'expérience d'une relation primordiale, contante, indéfiniment réversible, entre le parlant et son partenaire. En dernière analyse c'est toujours à l'acte de parole dans le procès de l'échange que renvoie l'expérience humaine inscrite dans le langage»[35].

---

[34] E. Benveniste, «De la subjectivité dans le langage», *ob. cit.*, I, p. 259.

[35] E. Benveniste, «Le langage et l'expérience humaine», *ob. cit.*, II, p. 78.

A organização interna da língua revela, pois, o homem e o cerne da sua condição existencial. Benveniste consegue demonstrá-lo ao analisar as categorias gramaticais de *pessoa* e *tempo*. Era bem esse o seu intento, como ele próprio explicita ao resumir o tema do conjunto de artigos que reuniu sob o título «L'homme dans la langue»:

> «/.../c'est l'empreinte de l'homme dans le langage, définie par les formes linguistiques de la «subjectivité» et les datégories de la personne, des pronoms et du temps»[36].

Vergílio Ferreira, naas suas intuições e/ou reflexões sobre a língua foi também particularmente sensível às noções de *pessoa* e *tempo* como mostrarei.

Dizer "eu"

A instituição do *eu* no discurso, a capacidade que tem o falante de *dizer «eu»*, é o ponto de partida da teoria de Benveniste.

Em Vergílio Ferreira a evidência deste carácter fundamental do acto de *dizer «eu»* surge já em *Aparição:*

> «Ela diz *eu* e quando diz *eu* é uma força enorme, uma maravilha extraordinária». (*Aparição*, p. 267).

É uma afirmação de Carolino. O mesmo Bexiguinha que já tinha feito a descoberta angustiante da opacidade do signo

---

[36] E. Benveniste, «Avant-Prospos», *ob. cit.,* I.

linguístico descobre agora também essa «maravilha extraordinária» que acontece quando alguém *diz* *«eu»*[37]. A evidência do *poder dizer* *«eu»*, que Vergílio Ferreira acentua em *Invocação ao meu Corpo:*

«Não existe «eu»*mais* o meu corpo: sou um corpo que pode dizer «eu»». (*Invocação ao meu Corpo*, p. 253)[38].

---

[37] No debate que se seguiu à comunicação de Eduardo Prado Coelho no *Colóquio-Homenagem a Vergílio Ferreira* (Porto,. 1977), Maria Alzira Seixo afirmou, com grande pertinência: «/.../toda a problemática do «eu» é a partir de *Aparição* que é, por assim dizer, programada. Quer dizer, o problema da emergência do «eu», o problema da descoberta da palavra como sintoma do «eu»...». (Ver Hélder Godinho org. *ob. cit.*, p. 367).

[38] O capítulo em que surge esta afirmação tem como título «Subjectividade do Corpo», o que não deixa de representar alguma coincidência com o título do artigo de Benveniste, «De la subjectivité dans le langage». Aliás em *Invocação ao meu Corpo* outros títulos nos fazem pensar em Benveniste: «Espaço do Originário, o «Eu»; «Coordenadas»; «O «Eu» e o Presente». Não creio, no entanto, que esta semelhança possa ser avaliada como resultado de uma influência. *Invocação ao meu Corpo* foi escrito em 1966 (está datado na p. 329), ano em que foram pela primeira vez publicados em livro os artigos de Benveniste. Não parece verosímil que, numa altura em que Benveniste era apenas conhecido por um círculo de especialistas de Linguística, Vergílio Ferreira tivesse lido *Problèmes de Linguistique Générale* no próprio momento da sua publicação em Paris. Ainda mais inverosímil seria a hipótese de ter conhecido os artigos de Benveniste aquando da sua primeira publicação em revistas científicas da especialidade. O contacto de Vergílio Ferreira com textos de Benveniste foi, sem dúvida, posterior a *Invocação ao meu Corpo*. (Suponho ter encontrado, posteriormente à escrita deste texto, um hipótese plausível que talvez explique, ao menos em parte, as coincidências entre Vergílio Ferreira e Benveniste: não terão sido, quer um quer outro, sensíveis à leitura de Merleau-Ponty, nomeadamente de *Phénoménologie de la Perception?*).

Essa evidência que, em termos de Benveniste, é a capacidade que o falante tem de, ao *dizer «eu»*, instituir a sua própria existência, a do Outro e a da Língua:

> «Dès que le pronom *je* apparaît dans un énoncé où il évoque — explicitemente ou non — le pronom *tu* pour s'opposer ensemble à *il*, une expérience humaine s'instaure et dévoile l'instrument linguistique qui la fonde»[39].

Na relação aqui estabelecida entre *eu — tu* e *ele* está em síntese a teoria de Benveniste sobre os pronomes pessoais. Contestando a enumeração tradicional em que se hierarquizam primeira, segunda e terceiras pessoas (*eu, tu, ele*) com os respectivos plurais (*nós, vós, eles*) Benveniste parte de uma oposição básica («correlação de personalidade») nesta categoria gramatical, entre *pessoa* (*eu —tu*) e *não-pessoa* (*ele*):

> «/.../la définition ordinaire des pronoms personnels comme contenant les trois termes *je, tu, il*, y abolit justement la notion de personne. Celle-ci est propre seulment à *je — tu* et fait défaut dans *il*»[40].

> «/.../dans la classe formelle des pronoms ceux dits de troisième personne sont entièrement différents de *je* et *tu* par leur fonction et par leur nature»[41]:

---

[39] E. Benveniste, «Le langage et l'expérience humaine», *ob. cit.*, II, p. 68.

[40] E. Benveniste, «La nature des pronoms». *ob. cit.*, I, p. 251.

[41] Idem, *ibidem*, p. 256.

«La «troisième personne» n'est pas une «personne»; c'est même la forme qui a pour fonction d'exprimer la non-personne»[42].

Em *Invocação ao meu Corpo* Vergílio Ferreira refere-se também aos pormenores pessoais:

«Um *«eu»* ou um *«tu»* não têm género não tendo, ao mesmo tempo, plural. A própria língua o reconhece — a língua, essa forma primordial de a nós e ao mundo nos reconhecermos. /.../ O género existe apenas para *o «ele» porque o «ele» entra no domínio das coisas, está longe da relação imediata de uma profundeza a outra.* /.../ um «eu» não tem plural. Porque o plural de «eu» é «nós» e não «eus». Para que o plural fosse «eus»seria necessário que a irredutibili-dade que eu sou fosse uma redutibilidade». (*Invocação ao meu Corpo,* pp. 76-77)[43].

Benveniste assinala igualmente, e em termos quase coincidentes, esta impossibilidade de pluralizar *eu:*

«/.../dans les pronoms personnels le passage du singulier au pluriel n'implique pas une pluralisation. /.../ Il est en effet clair que l'unicité et la subjectivité inhérentes à «je» contredisent la possibilité d'une pluralisation»[44].

---

[42] E. Benveniste, «Structure des relations de personne dans le verbe», *ob. cit.,* I, p. 228.

[43] Os sublinhados, nesta como em todas as citações subsequentes de textos de Vergílio Ferreira, são da minha responsabilidade.

[44] E. Benveniste; *ob. cit.,* I, p. 233.

O Tempo

Se passarmos à categoria *tempo* a convergência entre Vergílio Ferreira e Benveniste mantém-se, acentua-se até.

Poucos linguistas exprimiram tão bem como Benveniste a dimensão antropocêntrica do *tempo* linguístico, dimensão que o distingue, desde a base, das noções homónimas mas radicalmente diferentes de *tempo físico* e *tempo cronológico*. Citando H. Weinrich, um outro linguista que pode diputar com Benveniste a primazia na compreensão profunda do tempo linguístico: «Une théorie linguistique du temps ne saurait évidemment invoquer un traditionnel *ordo rerum* ni tenir pour inscrite dans les faits da division en présent, passé et futur. Ce qu'elle propose est de mettre le procès de communication au point de départ de toute reflexion syntaxique»([45]).

Poucos escritores terão captado e dado forma a essa mesma dimensão humana do tempo linguístico como Vergílio Ferreira. A sua concepção do tempo – que explicita em vários pontos da sua obra e que está implícita na própria construção dos seus romances – é a de um tempo linguístico, antropocêntrico, eminentemente humano («tempo insidiosamente humano», diz Maria da Glória Padrão)([46]).

([45]) H. Weinrich, *ob. cit.*, tradução francesa, p. 67. H. Weinrich faz derivar de Santo Agostinho a crítica à concepção do tempo linguístico como decalque da divisão objectiva tripartida da «ordo rerum»: «Sa critique philosophico-théologique ne touche pas aux temps de la langue, mais corrige la théorie des trois moments: ils ne nous sont donnés que dans la mesure où nous les avons présents à l'esprit. Il faudrait donc dire: «Praesens de praeteritis. praesens de praesentibus, praesens de futuris.»» (*ibidem*, p. 66).

([46]) M.G. Padrão, art. cit., in Hélder Godinho, org., *ob. cit.*, p. 456.

Remontando, uma vez mais, a *Aparição,* destaco uma afirmação que condensa, em bela cristialização, toda uma teoria linguística do tempo:

> «O tempo não passa por mim; é de mim que ele parte». (*Aparição,* p. 269).

E no mesmo passo de *Aparição* está expressa a irredutibilidade do *presente:*

> «Mas o tempo não existe senão no instante em que estou /.../ cada instante – centro de irradiação para o sem-fim de outrora e de amanhã». (*Aparição,* p. 269).

Escolhi, para confronto, três entre muitas possíveis citações de Benveniste:

> «Le temps linguistique se réalise dans l'univers intra-personnel du locuteur comme une expérience irrémédiablement subjective et impossible à transmettre»[47].

> «Le temps a son centre dans le présent de l'instance de parole /.../ Ce présent est réinventé chaque fois qu'un homme parle»[48];

> «Le présent linguistique este le fondement des oppositions temporelles dans la langue. Ce présent qui se déplace avec le progrès du discours tout en demeurant présent constitue la ligne de partage entre deux autres

---

[47] E. Benveniste, «Le langage et l'expérience humaine», *ob. cit.,* II, p. 76.

[48] Idem, *ibidem,* pp. 73-74.

moments /.../ Ces deux références ne reportent pas au temps mais à des vues sur le temps projetées en arrière et en avant à partir du présent».([49])

Este carácter fundamental, modalizante, mas «fugaz» do *presente*([50]) é acentuado por Vergílio Ferreira em mais que um momento:

«/.../o passado se reabsorve no nosso presente, modalizado por esse presente que somos — presente /.../ que o não é senão através das relações que a partir dele estabelecemos com o passado e o futuro. Porque o presente não existe nem como instante: o presente presentifica-se em forma de fuga».([51]) (*Da Fenomenologia a Sartre*, p. 102).

«O que existe para o homem é o absoluto da sua hora e tudo o que para lá existe, existe apenas coorde-

---

([49]) Idem *ibidem*, p. 75.

([50]) Veja-se o tratamento lógico-linguístico da noção de *presente* em Óscar Lopes, "Para um conceito semântico operativo de presente" comunicação ao *Colóquio sobre Teoria do texto*, Évora, 1985.

([51]) A concepção de *tempo* que Vergílio Ferreira condensa neste pequeno excerto poderia perfeitamente ser «lida» como um programa que segue na construção temporal dos seus romances em que o *presente* só se presentifica, realmente, «em forma de fuga» — para o passado e para o futuro — «reabsorvendo e modalizando» esse passado e esse futuro. Quase inexistente como objecto de narração, o *presente* tem, no entanto, um papel preponderante nos romances de Vergílio Ferreira: não só por representar, banalmente, o ponto de referência a partir do qual a construção da narrativa toma forma, mas sobretudo porque é o *presente* que *faz existir* o passado e o futuro, é o *presente* que dá o «tom» e a matéria à narração. Os factos narrados raramente se situam no *presente*, mas situa-se no *presente* a *emoção* que os recria. (Ver, neste mesmo volume o estudo **2**. "Um percurso de pesquisa teórico-poética sobre o Tempo e a Narração).

nado com ela, a ela subordinado. /.../ O futuro e o passado irradiam de nós». (*Invocação ao meu Corpo*, pp. 80 e 83).

Uma concepção linguística, humana, do tempo é, obviamente, uma concepção deíctica: é em relação ao *eu*, irredutível marco de referência, que se arquitecta uma frágil construção temporal cujo carácter efémero o homem tenta iludir metaforizando-a em termos espaciais, mais concretos. E o conceito de tempo, metaforicamente espacializado, vai depois por sua vez servir de base a uma nova rede deíctica espacial (textual) abrindo-se um novo campo mostrativo (o espaço concreto do texto) onde o processo deíctico recomeça sob a forma de anáfora. Num dos capítulos de *Invocação ao meu Corpo*, significativamente intitulado "O Eu e o Presente", este "mecenismo" é admiravelmente intuído por Vergílio Ferreira:

> «Indizível tessitura de tudo, ele [o tempo] está mesmo não apenas em si, como tempo, mas no espaço como lugar. Para entender esta folha em que escrevo /.../ *o tempo vem ter comigo e estabelece um antes e um depois no alto e no baixo...*» (*Invocação ao meu Corpo*, p. 79)

Questionar a evidência

Do confronto entre as concepções de *tempo* de Benveniste e Vergílio Ferreira conclui-se que elas se juntam numa só, convergindo no reconhecimento de que se é impossível conceber o tempo independentemente do *eu* que lhe dá origem é igualmente impossível conceber esse *eu* senão como fruto existencial da vivência do tempo.

Coincidindo nesta concepção antropocêntrica do tempo linguístico, Vergílio Ferreira e Benveniste fazem-no de um modo que excede a expectativa dos respectivos públicos leitores e postulam, por isso, quer um quer outro, uma leitural transversal.

O romancista que é Vergílio Ferreira não se limita à exploração psicológica, mais ou menos profunda, da vivência humana do tempo, antes faz dela uma indagação teórica sobre o homem e a linguagem. No linguista que é Benveniste a compreensão, profundamente linguística, da categoria gramatical *tempo* não se esgota num mero tratamento formal, antes se enriquece à luz de uma reflexão sobre a experiência humana do tempo.

Um e outro se situam, a meu ver, num plano alto da indagação teórica, porque um e outro questionam *a evidência.* Essa atitude é mais uma afinidade entre ambos, talvez a afinidade fundamental.

«Evidência» é uma das «obsessões verbais» de Vergílio Ferreira (isolada ou, mais frequentemente, acompanhada de adjectivos como *«fulgurante», «absoluta», «alarmante»*); Benveniste começa o mais famoso dos seus artigos afirmando que é preciso «mettre en question l'évidence», «demander à l'évidence de se justifier»[52].

Um e outro questionam, realmente, realmente, as evidências. Questionam, no fundo, uma só evidência: a da própria existência do Homem revelando-se na e pela linguagem. Algo como «falo, logo existo».

Diz Maria Alzira Seixo, ao prefaciar a tradução portuguesa de «O Homem na Linguagem», que esta obra de

---

[52] E. Benveniste, «De la subjectivité dans le langage», *ob. cit.,* I, p. 528.

Benveniste constitui «/.../uma análise linguística pura que, não obstante, ou talvez por isso mesmo, se torna ao mesmo tempo *reflexão filosófica sobre a colocação existencial com implicações muito prolongadas»*[53].

A parte que sublinhei seria plenamente aplicável também à obra de Vergílio Ferreira. A base existencialista da reflexão filosófica de Vergílio Ferreira é, aliás, sobejamente (re)conhecida. Seria extremamente tentador e sugestivo procurar estabelecer também as possíveis ligações filosóficas de Benveniste com o existencialismo.

Esta aproximação entre Vergílio Ferreira e Benveniste vem provar o que afirmei no início desta comunicação: o criador literário e o linguista podem encontrar-se no seu conhecimento — adquirido por vias diferentes — sobre a linguagem. E o surpreender desse encontro pode ser extremamente enriquecedor quer a Linguística quer para a Literatura, quer sobretudo para o espaço da sua intersecção que é a Teoria da Linguagem.

Mas, mais ainda do que esta convergência, impõe-se sublinhar o significado profundo, original, único, de que fica investida a totalidade da obra de Vergílio Ferreira ao inserir--se no domínio da Teoria da Linguagem. Ao unificar-se numa pesquisa da Palavra pela via do *conhecer poético* e pela via da *reflexão* que desse *conhecer poético* emana sem chegar nunca a dele se separar.

É impossível, em Vergílio Ferreira, separar o poeta do filósofo. Poetas e filósofos estão, aliás, sempre próximos,

---

[53] Maria Alzira Seixo, "Prefácio" à tradução portuguesa de *O Homem na Linguagem* de E. Benveniste, Col. Práticas de Leitura, Lisboa, Arcádia, 1976, p. 17.

como o reconhece, do lado da Filosofia, Victoria Camps: «La filosofia – o la metafísica – como la literatura, es simple expresión de emociones y sentimientos, con la diferencia de que *el filósofo no se resigna a ser un simple poeta, pretende decir algo más objectivo y fundamental /.../: no habla de sí mismo, sino del hombre, no describe su mundo, sino el mundo».*([54])

Corrigindo a parte que sublinhei nesta afirmação de V. Camps, eu diria que Vergílio Ferreira *não se resigna a ser um simples filósofo, pretende dizer algo mais fundamental: falar do Homem falando de si mesmo*([55]), *descrever o Mundo descrevendo o seu Mundo.*

...A Palavra só existe quando assumida por um «eu». O que nos levaria de novo a Benveniste e de novo também ao encontro entre o escritor e o linguista, o poeta e o investigador. A criação poética, pesquisa da linguagem, pesquisa sobre a linguagem, é também teoria da linguagem. E a investigação linguística, pesquisa do Homem na língua, pesquisa da língua enquanto marca do Homem, é também à sua maneira, quando (re)inventada na imaginação e no fascínio, criação poética.([56])

([54]) Victoria Camps, *Pragmática del lenguaje y Filosofía Analítica,* Barcelona, Ediciones Península, 1976, pp. 244-245.

([55]) Cf. Almada Negreiros, *Ensaios I:* «O poeta está sempre só, ou seja, com a humanidade inteira, desde o princípio até ao fim do mundo».

([56]) Cf. J. Schmidt-Radefeldt, *ob. cit.,* pp. 192-193: «Este-ce que *poésie* et *linguistique* sont incompatibles? /.../ Valéry, *poète* et *linguiste de vocation,* s'est toujours basé sur l'imagination créatrice dans les deux domaines de recherche /.../ l'imagination et l'intelligence, – en tant qu'actes mentaux –, sont en effet assez semblables. Création et connaissance ne sont pas forcément incompatibles; le conflit entre ces deux aspects de la pensée ne reste qu'une crise personnelle terminée par la prise d'une décision définitive».

2. Um percurso de pesquisa teórico-poética sobre o Tempo e a Narração ([1])

> *"La littérature survivra comme le lieu où la pensée théorique et les fictions auront, comme disait le poète, "une peau commune"."*
>
> (GEORGES JEAN, *Le Roman*)

> *"El contar, en cuanto arte, siempre trata en alguna medida de sí mismo."*
>
> (GRACIELA REYES, *Polifonía Textual*)

A obra de Vergílio Ferreira, no seu conjunto — *romances, contos, ensaios poéticos, ensaios críticos, diário* — constitui um testemunho ímpar, na literatura portuguesa actual, de uma vivência total (e totalizadora) do que costuma ser designado como *"crise"* do romance e que é, afinal, de acordo com

---

([1]) Este segundo estudo e o que se lhe segue — *"Para Sempre:* ritmo e eternidade" — constituem dois capítulos de *Deixis, Tempo e Narração* (Porto, 1989), tese de doutoramento que será em breve publicada (Almedina, Coimbra). Embora me tenha parecido ser possível, mediante algumas alterações, separar estes dois capítulos do todo de que fazem parte, eles não deixam de pressupor uma relacionação com o resto da obra, nomeadamente com o capítulo que os antecede — "Romance e configuração temporal" — e que, com eles, integra a *III Parte* — intitulada "O romance como pesquisa sobre o tempo e a narração" — da referida tese.

Bakhtine, a sua condição habitual, a sua natureza, o que o especifica como género: "Le roman est donc, dès le commencement, pétri dans une autre pâte que celle des genres achevés. Il est d'une nature différente. /.../ C'est pourquoi, une fois né, il ne pouvait devenir simplement un genre parmi les genres, ni établir avec eux des relations mutuelles d'une coexistence pacifique et harmonieuse /.../. C'est un genre qui eternellement se cherche, s'analyse, reconsidère toutes ses formes acquises."[2]

Num momento em que se radicalizou, se agudizou, o assumir da natureza do romance como busca de si próprio, da sua essencialidade, a obra de Vergílio Ferreira é um exemplo eloquente de como um romancista pode interiorizar e encarnar o próprio destino do romance e *pensá-lo/senti-lo* em paralelo com o destino do Homem.

Um romancista interroga-se

A experiência dolorosa do romancista que se interroga sobre a viabilidade de uma prática linguística milenária como é a *narração* é um aspecto particular da questionação global da *linguagem* — uma evidência que se tornou a questão filosófica-limite da nossa época. Essa experiência chega-nos por várias formas, na extensa obra de Vergílio Ferreira:

— *vivida,* nos seus romances e ensaios poéticos;
— *analisada* e *estudada,* nos seus ensaios críticos;
— *narrada* no seu diário, *Conta-Corrente* [3].

---

[2] M.Bakhtine, *Esthétique et théorie du roman,* Paris, Gallimard, 1978, p.472.

[3] Ver, neste mesmo volume, o estudo **4.**, *"Conta-Corrente,* a história de uma aventura romanesca".

São formas diferentes de que se reveste uma mesma atitude, que é constante: a atitude de *procura,* de *inter rogação,* de *pesquisa,* que constitui um traço vigorosamente definidor da obra vergiliana. Pesquisa existencial, pesquisa estética, pesquisa metafísica, pesquisa formal, convergem numa interrogação fundamental sobre a *linguagem* e o Homem. O Homem que só *na linguagem* e *pela linguagem* se define: "Uma consciência só se exerce, só realmente existe, se encarnada na palavra. Assim, pois, a palavra é a expressão definitiva do homem." (*Invocação ao meu Corpo,* p. 290).

No estudo anterior, em que analisei a convergência entre "conhecer poético" e teoria da linguagem, propus uma interpretação global da obra de Vergílio Ferreira como indagação sobre a linguagem, como "pesquisa da Palavra pela via do conhecer poético e pela via da reflexão que desse conhecer poético emana sem chegar nunca a dele se separar." Ao sublinhar o lugar que ocupa na obra de Vergílio Ferreira a reflexão – implícita e explícita – sobre a linguagem, ao reconhecer nessa obra uma problemática central que se insere no domínio da Filosofia da Linguagem, não tive a intenção de privilegiar, em Vergílio Ferreira, o *ensaísta* relativamente ao *romancista.* Pelo contrário: foi essencialmente nos seus romances – e em *Invocação ao Meu Corpo,* que se chama "ensaio" apenas porque não foi ainda possível encontrar outra designação para o "género" a que pertence uma obra tão inovadora ([4]) – que encontrei intuições e formulações sobre a linguagem dotadas de um *rigor teórico* (inseparável, aliás, de um rigor poético) que me permitiram confrontá-las com

---

([4]) Sobre *Invocação ao meu Corpo* ver, neste volume, o estudo **6.**, "Da subjectividade do corpo à subjectividade da linguagem".

formulações (às vezes quase literalmente coincidentes) de um linguista da craveira de E. Benveniste.

É como *romancista* que Vergílio Ferreira se descobre empenhado nesse "problema grave (o único)" de compreender o que é a linguagem:

> "O estruturalismo pôs-me o problema grave (o único) da significação da linguagem. Como é que os romancistas se não preocupam com esta coisa tremenda que é o alcance da palavra com que escrevem?"(*Conta-Corrente 1*, p.27).

Apesar de só ter explicitado para si próprio a importância desta questão aquando do seu embate polémico - de índole filosófica – com o estruturalismo ([5]), não é primordialmente enquanto filósofo que se preocupa com a linguagem (aliás, em Vergílio Ferreira o *filósofo* é inseparável do *poeta* e do *narrador*). A presença na sua obra de uma indagação sobre a linguagem é intrínseca e antiga e liga-se à sua condição de *romancista*. É essencialmente como *narrador* que Vergílio

---

([5]) Com o estruturalismo e com a Linguística, "matriz do estruturalismo", como diz no *Prefácio* à tradução portuguesa de *As Palavras e as Coisas* de Michel Foucault (p.XLIII). Este prefácio, intitulado "Questionação a Foucault e a algum estrutualismo", é um dos textos fundamentais para a compreensão das críticas filosóficas que Vergílio Ferreira faz ao estruturalismo e às suas implicações *anti-humanistas*. O estruturalismo representou uma das mais claras encarnações desse "adversário constante" que Eduardo Prado Coelho diz serem para Vergílio Ferreira "/.../todas as formas de pensamento que procuram ou reduzir o *eu* a um mero efeito de determinadas máquinas estruturais ou reduzir o *eu* mesmo a um lugar, isto é, a uma topologia."("Comunicação de Eduardo Prado Coelho" in Hélder Godinho, org., *Estudos sobre Vergílio Ferreira*, Lisboa, Imprensa Nacional-Casa da Moeda, 1982, p.343).

Ferreira se confronta com o problema da linguagem, o equaciona e tenta resolver. A progressiva explicitação deste problema nos seus romances surge a par com uma progressiva questionação da possibilidade de *narrar*. E por isso são as categorias linguísticas mais directamente implicadas na narração – o *tempo* e a *pessoa* – aquelas sobre que mais frequentemente (e mais agudamente) reflecte.

A teorização sobre a linguagem que se lê em filigrana nos romances e nos ensaios de Vergílio Ferreira é, sem dúvida, um dos reflexos da densidade filosófica que caracteriza a totalidade da sua obra. Mas reflecte ainda mais directamente, creio, uma vigorosa natureza de narrador que se auto-questiona. Vergílio Ferreira é, antes de mais, um *romancista* que indaga, até às últimas consequências, as implicações linguístico-filosóficas da sua condição de narrador. Vou centrar-me essencialmente na sua indagação sobre o *tempo*.

O Tempo: pesquisa e problematização

"Um tempo de pesquisa" é o título do capítulo dedicado a Vergílio Ferreira num estudo fundamental de Maria Alzira Seixo sobre a expressão do tempo no romance português contemporâneo ([6]). A análise dos romances de Vergílio Fer-

---

([6]) Trata-se de *Para um estudo da expressão do tempo no romance português contemporâneo,* obra inicialmente elaborada como tese de licenciatura apresentada à Faculdade de Letras de Lisboa em 1966 e publicada dois anos depois (Centro de Estudos Filológicos, 1968). Só quase vinte anos mais tarde surgiu uma nova edição (Imprensa Nacional-Casa da Moeda, 1987) valorizada pelos comentários actualizados que a Autora apõe a cada um dos capítulos.

reira publicados até à data desse estudo ([7]) permite à Autora surpreender uma "evolução intensiva" da pesquisa sobre a questão do tempo: "É sub-repticiamente que o problema da expressão do tempo vai germinando nas obras da primeira fase para invadir como *intenção e como forma* todas as últimas publicações do género. Assim, a sua obra interessa-nos pelo que denuncia de uma progressiva consciencialização do problema /.../ e pela realização que dele nos apresenta num sentido de evolução intensiva."([8])

Está aqui sugerida a complementaridade, na obra de Vergílio Ferreira, entre a presença do tempo ao nível temático e ao nível de construção formal da narrativa como mais adiante M. A. Seixo explicita ao constatar: "/.../uma transição na produção romanesca de Vergílio Ferreira no sentido de uma orientação ditada pela problemática do tempo tanto no aspecto do conteúdo (em que se integra como elemento constitutivo) como no da forma (em que desempenha um papel condicionador e determinante)."([9])

Uma complementaridade que se desenvolve e resolve, a meu ver, numa *fusão* que neutraliza e compromete a separação entre conteúdo e forma. A presença do *tempo* na obra romanesca de Vergílio Ferreira releva da noção que H. Meschonnic designa como *"forme-sens"* e que tem largas implicações no âmbito da definição da *especificidade do texto poético:* "Seule

---

([7]) *Alegria Breve* (1965) é o último dos romances de Vergílio Ferreira analisados por M. Alzira Seixo no seu estudo. Mas no *Comentário* que, na 2ª edição, apõe ao capítulo dedicado a Vergílio Ferreira faz referência aos romances entretanto publicados: *Nítido Nulo, Rápida, a Sombra, Signo Sinal e Para Sempre.*

([8]) M. A. Seixo, *ob. cit.,* p.116.

([9]) Idem, *ibidem,* p.117.

50

une conception de l'euvre comme écriture, non ornement, peut se garder du vieux dualisme du "fond" et de la "forme", et montrer l'oeuvre comme *forme-sens.*"([10]), isto é, "/.../ montrer comment, à tous les niveaux et dans tous le sens, une oeuvre est l'homogénéité du *dire* et du *vivre.*"([11]).

Homogeneidade do *dizer* e do *viver:* no caso da representação temporal inerente à obra de Vergílio Ferreira, homogeneidade entre *dizer* o tempo (= *narrar*) e *viver* o tempo (= *sentir/pensar* o tempo como problema existencial).

Temática existencial e técnica narrativa fundem-se numa mesma indagação sobre o *tempo* enquadrada numa ampla pesquisa teórica sobre o homem e a linguagem. Vergílio Ferreira faz uma síntese original e produtiva entre as preocupações fundamentais do romance existencialista e do novo romance ([12]), juntando-as numa só *questionação,* numa só *pesquisa.*

Mas a atitude de *pesquisa* não tem, em Vergílio Ferreira, a conotação de "experimentação", de "técnica laboratorial" que o termo adquire quando identificado com a atitude programática do "novo romance". É sempre uma pesquisa que se assume como *problematização:*

> "Uma opção se me impunha entre a "descrição" do real (do mundo e do homem) e a sua "problematização". Descrever, todavia, relevava-me de uma boa consciência e assim o próprio "novo romance", no seu

---

([10]) H. Meschonnic, *Pour la Poétique,* Paris, Gallimard, 1970, pp. 20-21.

([11]) Idem, *ibidem,* p.27.

([12]) Ver *nota* seguinte.

estrito descritivismo, sugeria-me uma profunda questionação." (*Um escritor apresenta-se*, p.200) [13].

---

[13] Vergílio Ferreira alude aqui ao facto, que muitas outras vezes sublinhará, de o "novo romance" ser, sob a sua aparência "experimental", profundamente filosófico. Diz numa outra das várias dezenas de entrevistas coligidas e organizadas de forma inteligente por Maria da Glória Padrão em *Um escritor apresenta-se* (pp.172-173): "/.../o "novo romance" francês /.../ mormente num Grillet, é imediatamente uma proposta de uma fórmula. Mas que nos não esqueça: o "nouveau-roman" tem que ver com o existencialismo, embora os seus apressados panegiristas o ignorem." Foi Vergílio Ferreira, sem dúvida, um dos primeiros críticos, entre nós, do "novo romance" – "O novo romance, por exemplo, se não fui o primeiro a dar notícia, fui dos primeiros."(*Conta-Corrente 5*, p.207). E um dos melhores. A sua atitude arguta em relação ao "novo romance" patenteia-se num ensaio crítico de 1964 – "Sobre a situação actual do romance" in *Espaço do Invisível I*, (pp.223-272) – de que retiro a seguinte apreciação:"/ .../o "novo romance" depende do existencialismo muito mais do que ele julga ou ele diz /.../. A grande diferença que separa o "novo romance" do existencialismo, é que o existencialismo denuncia o absurdo e o "novo romance" instala-se nele... Eis porque a aparente indiferença ou recusa do "novo romance" se pode ler em termos de profunda tragédia." (pp.258--259). A justeza desta aproximação que Vergílio Ferreira faz entre o "novo romance" e o existencialismo pode avaliar-se se lermos uma comunicação feita, *vinte anos mais tarde,* por Robbe-Grillet num colóquio sobre Sartre. Nesse texto, intitulado "Sartre et le Nouveau Roman" (in *Études Sartriennes II-III, Cahiers de Sémiotique Textuelle,* nº 5-6, Universidade de Paris X, 1986), Robbe-Grillet afirma sem hesitação a sua ligação com o romance existencialista: "/.../La Nausée /.../ a joué dans ma carrière d'écrivain un rôle considérable." (p.67); "Je pense que *La Nausée* a été probablement pour moi un déclencheur d'écriture." (p.68). E estranha que a crítica se não tenha apercebido disso, na época: "Curieusement quand ceux-ci [mes premiers livres] sont parus la critique académique de l'époque ne leur a pas donné comme références immédiates *L'Étranger* et *La Nausée.*" (p.68). Como crítico, Vergílio Ferreira apercebeu-se, desde a pimeira hora, desta relação entre o "novo romance" e o romance existencialista. Como romancista, desenvolveu-a de forma original.

O contacto com o "novo romance" ajuda Vergílio Ferreira a tomar consciência de uma necessidade de renovação do processo de montagem do romance. Mas as inovações que, "ao encorajamento do novo romance"([14]), foi introduzindo na sua técnica romanesca decorrem de uma necessidade interna, inseparável da temática fundamental da sua obra, não são nunca meras inovações formais. A influência externa é *incorporada* numa exigência interna:

> "Se no N.R. me agradou o aspecto da estruturação do romance foi porque já precisava dele /.../. É muito fácil inovar-se nos processos. O que é difícil é que tal inovação seja necessária e opere por força de uma natural consequência, brote de dentro para fora." (*ibidem*, p. 232).

O eco que tem em Vergílio Ferreira a sublevação da técnica romanesca proposta pelo "novo romance", a "profunda questionação" que lhe sugere, relevam sobretudo, a meu ver, da questão do *tempo*. Na sua crescente sensibilização á problemática do *tempo*, Vergílio Ferreira não pode ter deixado de intuir (mesmo sem o explicitar) que à *recusa* e *destruição* da temporalidade clássica assumidas pelo "novo romance" correspondia uma *intensificação* da consciência da questão do *tempo* no romance ([15]). O que convergia com a importância

---

([14]) Expressão usada por Vergílio Ferreira numa entrevista transcrita em *Um escritor apresenta-se* (p. 274):"/.../saliento que na literatura se me acentua a preocupação com problemas de "linguagem", de "estrutura", de "forma", enfim, como se diz. Desde sempe isso me preocupou /.../. Mas desde *Estrela Polar,* ao encorajamento do novo romance, dei o salto...".

([15]) Ver em *Deixis, Tempo e Narração* o capítulo "Romance e configuração temporal".

que essa questão vinha assumindo na sua obra, como é já bem claro em *Aparição*.

Contrariamente à opinião do próprio Vergílio Ferreira, que aponta *Estrela Polar* (1962) como o primeiro dos seus romances em que se abalança a introduzir inovações na estrutura temporal da narração ([16]), sustento, e tentarei prová-lo a seguir, que é *Aparição* (1959) o marco fundamental de uma viragem na forma de encarar a questão do *tempo* e suas implicações na técnica narrativa.

"*Agressões*" *temporais*

Em *Aparição* surge pela primeira vez, na obra vergiliana, uma teorização explícita sobre o *tempo* e a *linguagem,* facto que coincide com a introdução de inovações na estrutura formal da narração. Coincidência significativa. E decisiva, já que vai permanecer em todos os romances posteriores do autor a "fórmula narrativa" inaugurada em *Aparição:* uma *narração –evocação* protagonizada por um narrador auto-diegético que institui a sua memória como temporalidade. A situação *presente* do narrador – sempre caracterizada pelo isolamento, pelo silêncio e por uma temporalidade neutra – propicia uma abertura temporal para um *passado* que é incorporado no *presente.* Os dois planos temporais – o do *aqui-agora* e o do *lá-então* – cruzam-se e misturam-se constantemente, porque o narrador-personagem conta, avalia e (re)cria, trazendo-os ao

---

([16]) Cf. a afirmação de Vergílio Ferreira transcrita na *nota 14* e também: "Quando chego à altura de *Estrela Polar* o "nouveau roman" começou a ter grande repercussão. E senti os seus efeitos." (*Um escritor apresenta-se,* p.239).

presente, factos do seu passado. A *memória* assume-se como *(re)criação emotiva,* esbatem-se as fronteiras entre *evocação* e *ficção:*

> "O que me seduz no passado não é o presente que foi – é o presente que não é nunca." (*Aparição,* p.135).

O plano temporal do *lá-então* é assumido e explorado no seu duplo sentido temporal e modal de plano *"inactual"* [17].

A partir de *Aparição,* a questão do *tempo* liga-se à da forma do romance, condiciona essa forma, denotando a consciência da impossibilidade de separar, na reflexão sobre a *linguagem,* a teorização sobre o *tempo* da teorização sobre a *narração.*

A presença do *tempo* na obra de Vergílio Ferreira muda qualitativamente, com *Aparição.* Num dos seus romances anteriores – *Mudança* (1949) – é já bem claro que o *tempo* é o tema e, no entanto, *Mudança* é um romance construído segundo moldes mais tradicionais [18]. A "mudança" que este romance reconhecidamente representa na evolução da obra vergiliana circunscreve-se ao âmbito temático (transição de uma temática neo-realista para uma temática existencial). Ao âmbito temático se circunscreve também a importância que nele assume o *tempo:* "A única e obsessiva personagem de *Mudança,* como a epígrafe camoniana do romance o subli-

---

[17] Ver, em *Deixis, Tempo e Narração,* o capítulo "No quadro de uma abordagem linguística da narração e da ficção: o Imperfeito e o subsistema temporal fictivo".

[18] "*Mudança* aparece-nos hoje, e em parte graças ao futuro do seu autor, como um romance ainda escravo de um passado que ele ajudaria a sepultar." (E.Lourenço, "Acerca de *Mudança*", Prefácio à 3ª edição de *Mudança,* Lisboa, Portugália Editora, 1969, p.IX).

nha, é o Tempo /.../." ([19]). O tempo concebido como força externa ao homem e que o domina; o tempo que *passa* e deixa como rasto uma inexorável mudança. Radicalmente diferente é a concepção de *tempo* explicitada em *Aparição:*

"O Tempo não passa por mim: é de mim que ele parte." (p.269).

É o tempo linguístico, *deíctico,* instituído pelo sujeito falante no acto de enunciação, isto é, no acto de *"dizer eu":*

"...ela diz "eu" e quando diz "eu" é uma força enorme /.../" (p.267) ([20]).

Inegável a inserção potencial desta concepção de tempo numa "teoria da enunciação" e a sua convergência ("avant la lettre") com as posições teóricas de Benveniste sobre o *tempo linguístico*([21]). Esta alusão à *força* da enunciação, geradora do *tempo,* precede, nas páginas finais de *Aparição,* uma reflexão sobre o tempo, cheia de ressonâncias agostinianas, em que a "realidade" do tempo é circunscrita ao *presente* (ao "instante perfeito da totalidade presente." (p.268)):

([19]) Idem,ibidem, p.XXVI.

([20]) Esta *força* de poder *dizer "eu"* é também sublinhada por Vergílio Ferreira num passo de *Invocação ao Meu Corpo:* "Não existe "eu" mais o meu corpo: sou um corpo que pode dizer "eu"."(*Invocação ao Meu Corpo,* p.253).

([21]) Uma convergência que se torna evidente num confronto entre textos de Vergílio Ferreira e E.Benveniste, como o que tentei fazer no estudo anterior.

"Mas o tempo não existe senão no instante em que estou. Que me é todo o passado senão o que posso ver nele do que me sinto, me sonho, me alegro ou me sucumbo? Que me é todo o futuro senão o agora que me projecto? /.../ a vida do homem é cada instante — eternidade onde tudo se reabsorve, que não cresce nem envelhece — centro de irradiação para o sem fim de outrora e de amanhã." (p.269).

A recusa de um tempo exterior ao sujeito falante implica uma rejeição dos moldes da construção temporal do romance de tipo tradicional e nomeadamente do estatuto do narrador "omnisciente". Em *Aparição,* com efeito, há manifestações claras da procura de uma nova "fórmula narrativa", como já antes referi. A narração é assumida por um *"eu"* e temporalmente ancorada num *presente* que se ramifica, abrindo-se para o passado através da memória:

"Sento-me aqui nesta sala vazia e relembro." (p.11).

É esta a primeira frase do romance. Será repetida, *ipsis verbis,* no final (p.254): a ancoragem num *aqui-agora* está marcada, de forma redundante, pela sobreposição de índices ostensivos — *1ª pessoa, presente verbal, "aqui", "esta".* O início e o final do romance distinguem-se também pelo tipo de letra — o *itálico* — como marca suplementar que os pretende separar da narração propriamente dita que começa no I capítulo:

"Pelas nove da manhã desse dia de Setembro cheguei enfim à estação de Évora."(p.15).

Contrariamente ao que se verificara com o *aqui* e o *agora,* cuja identificação é omissa, o *lá* e o *então* são inequivocamente situados, desde a primeira frase. Com poucas excepções — recordações mais antigas ligadas à aldeia, à casa paterna — o plano do *lá-então* circunscreve-se a um mesmo lugar — Évora — e a um mesmo período de tempo — o ano lectivo durante o qual o narrador, Alberto, aí iniciou a sua actividade como professor do Liceu. O desenvolvimento temporal é linear e saturado de informações temporais, marcos de referência quase sempre ligados ao desenrolar do ano escolar: início do trabalho no Liceu, férias do Natal, férias da Páscoa, férias de "ponto", exames, fim do ano lectivo. Não há omissões nem infracções nesta cronologia; a *subversão* manifesta-se nas incursões frequentes, no plano do *lá-então,* do plano do *aqui-agora:*

> "Ana perguntou-me:
> — Por que é você tão pantomineiro?
> Onde conversávamos nós, Ana? /.../ Pergunto-o *agora* diante de outro fogão, *aqui,* na velha casa, aberto de limiar."(p.100) ([22]).

Recorrendo à noção de *"agressão temporal"* que J.Ricardou utiliza para referir a "invasão" do presente por um passado que luta para se tornar presente ([23]), é possível afirmar

---

([22]) Nesta, como nas posteriores citações de Vergílio Ferreira, os sublinhados são da minha responsabilidade.

([23]) Ver J.Ricardou, *Problèmes du nouveau roman,* Paris, Seuil, 1967, p.135: "/.../le texte de Proust se révèle peuplé de phénomènes qu'il faut bien intituler agressions temporelles. Comment ignorer en effet la brutalité essentielle par laquelle /.../ un passé devenu soudain présent lutte avec le présent actuel?".

que em *Aparição* as *agressões temporais* são mútuas: o *aqui-agora*, "invadido" e aparentemente vencido pelo *lá-então*, revela, em repetidas "agressões", a sua presença actuante.

Anuncia-se em*Aparição* a função hegemónica do*presente* que irá desenvolver-se nos romances posteriores e que é a consequência natural, no âmbito da técnica narrativa, da concepção linguistico-filosófica de *tempo* que Vergílio Ferreira explicita no final deste romance, como vimos, e retoma em ensaios posteriores ([24]). *O presente absorve e modaliza o passado*([25]): é o presente que *faz existir* o passado, é o presente que dá o "tom" e a matéria à narração. Os factos narrados não se situam no presente, mas situa-se no presente *a emoção que os (re)cria.*

As *"agressões temporais"* que pontualmente o plano do *aqui-agora* faz ao plano do *lá-então* denotam que em*Aparição* há ainda um esforço para manter distintos os dois planos temporais que se cruzam no romance. Mas revela também uma *tensão* entre eles que resiste à distinção e que vai evoluir para uma *fusão:* o *passado* só existe, só se revela, quando *possuído pelo presente:*

> "/.../o que me excita a escrever é o desejo de me esclarecer *na posse disto que conto,* o desejo de perseguir o alarme que me violentou e ver-me através dele e vê-lo de novo em mim, *revelá-lo na própria posse /.../"*. (p.193).

([24]) Ver, por exemplo, *Invocação ao Meu Corpo* (nomeadamente o capítulo "Do passado e do futuro") e *Da Fenomenologia a Sartre.*

([25]) "/.../o passado se reabsorve no nosso presente, modalizado por esse presente que somos – presente /.../ que o não é senão através das relações que a partir dele estabelecemos com o passado e o futuro." (*Da Fenomenologia a Sartre,* p.112).

Deixa de ser possível a "coexistência pacífica" entre dois planos temporais, lado a lado, identificados pelo tipo de letra (*itálico* e *redondo*), que se verificava em romances anteriores ([26]). Em *Aparição* é ainda usado esse artifício gráfico, mas só "funciona" no início do romance. Ao longo da narração do passado (tipo *redondo*) as incursões do presente nunca são marcadas com o *itálico*. E no fim do romance, quando volta a ser usado o *itálico,* isso não assinala um regresso ao plano temporal a que se referia o *itálico* inicial. Assinala antes a transição para uma espécie de *epílogo:*

> "Sim, vou-me embora. Houve um concurso para Faro e fui classificado. Voltarei, decerto, para o julgamento /.../." (p.263).

O marco de referência não é o mesmo *aqui-agora* que o narrador-personagem instituíra no começo do romance. O *aqui* implícito como marco referencial de "vou-me embora" e "voltarei" só pode ser *Évora;* e o *agora* só pode ser o ano lectivo que Alberto passou em Évora. Este *aqui-agora* identifica-se, pois, com o *lá-então* do início da narração (em tipo *redondo*). A utilização do artifício gráfico no final do romance não se mantém coerente com a "regra" pressuposta pelo seu uso inicial (e pelo seu uso em romances anteriores de Vergílio Ferreira). Isto revela que o próprio "código" de construção temporal da narrativa inicialmente previsto se foi transformando ao longo da escrita do romance. Uma transformação que, comprometendo a distinção entre os dois planos temporais, tornou inutilizável – *inútil* – o artifício gráfico que

---

([26]) Note-se que *Apelo da Noite* (escrito em 1954) e *Cântico Final* (escrito em 1956), embora publicados mais tarde (em 1963 e em 1962, respectivamente) são anteriores a *Aparição.*

servia tal distinção (a prova disso é que não voltou a ser usado em nenhum dos romances de Vergílio Ferreira posteriores a *Aparição*).

Uma longa escrita nocturna

As frequentes incursões "agressivas" do plano do *aqui-agora* no do *lá-então* vão evoluir, em *Aparição*, no sentido de uma "agressão" muito mais *subversiva* em relação às regras clássicas do código romanesco, porque se vão revelar cada vez mais nitidamente como incursões rebeldes de um outro *aqui-agora:* o da própria escrita do romance. Ao longo da *escrita de uma história* (uma história contada, aliás, de forma coerente, sem infracções visíveis aos cânones narrativos) desenha-se subtil mas inequivocamente a *história de uma escrita* ([27]) – a *história de uma longa escrita nocturna.*

A situação da escrita do romance vai-se revelando, vai-se denunciando a si própria numa "mise en abyme" ([28]) muito subtil, que passa quase despercebida ([29]). A univocidade da

---

([27]) Aludo à célebre formulação de Jean Ricardou "/.../le roman cesse d'être l'écriture d'une histoire pour devenir l'histoire d'une écriture." (J.Ricardou, *ob. cit.,* p.166); formulação de que surge como variante, na mesma obra, p.111: "Ainsi un roman est-il pour nous moins *l'écriture d'une aventure que l'aventure d'une écriture.".*

([28]) Esta expressão, cunhada por André Gide, que a usou no seu *Journal,* vai ser adoptada e desenvolvida por J.Ricardou que analisa, num estudo bem conhecido ("L'Histoire dans l'histoire" in J.Ricardou, *ob. cit.,* pp.171-190), as virtualidades subversivas da utilização deste processo. O "novo romance" explora-as amplamente.

([29]) Creio que passou realmente despercebida, pois, tanto quanto sei, ninguém ainda a apontou. Mas é indubitavelmente um primeiro aflorar da "perda da inocência", da "má consciência" do romancista e o esboçar

situação a que se reporta o plano temporal do *aqui-agora* — situação definida, no início e no fim do romance, como inalterável:

"Sento-me nesta sala vazia e relembro. Uma lua quente de verão entra pela varanda /.../" (p.11 e p.263)

---

de um processo que irá ser consciencializado e amplamente utilizado por Vergílio Ferreira em romances posteriores. Um processo sobre cuja natureza *agressiva* se debruça num passo de *Conta-Corrente:* " No fundo o que existe é o desejo ou tentação diabólica de destruir a convenção romanesca — e este é um dos meios de que me servi. E a coisa vem já desde o *Nítido Nulo*. Porque o fiz? porque fui desmancha-prazeres? Não sei. O que sei é que a maldade me tentou ainda no livro a sair, *Para Sempre*. Eu próprio me arrepio quando passo por trechos assim, como, aliás, me arrepio com várias outras agressões. Mas não resisto à malvadez, como os garotos maus. É o prazer da destruição."*(Conta-Corrente 4*, p.366).

Em *Até ao Fim* (1987) — há uma "mise en abyme" devastadora em que Vergílio Ferreira, jogando implícita e ironicamente com a própria metalinguagem crítica, remotiva a metáfora latente na designação "mise en abyme" e cria um verdadeiro processo "em abismo", infindável: duas das personagens do romance fazem uma entrevista a um escritor, de nome V.F.; à pergunta habitual sobre o que está a escrever, ele responde que é um romance.

" — E já tem título? — interrompi.

— Sempre o mesmo. Que é que quer dizer um título? Dentro de pouco é só um rótulo. Ou o nome de uma terra. Mas eu digo. Chama-se *Até ao Fim*.

— E já vai adiantado? disse Clara.

Bastante, disse ele. Suponho. Depende de — não sei. Pulmões, ginástica verbal, multiplicação das células. Agora estou num ponto em que duas personagens me vêm perguntar o que estou a escrever. E eu disse: um romance, naturalmente, Depois perguntam-me o título. E eu disse que o título é como um rótulo da aspirina ou um nome de terra como Freixo de Espada à Cinta. Eles insistem qual o título e eu disse "Até ao Fim". E que vai numa altura em que duas personagens lhe perguntam o título e se vai adiantado. E em que o autor lhes responde que se chama "Até ao Fim" e que vai na altura em que duas personagens lhe perguntam o título e se vai adiantado. E em que o autor responde que." (*Até ao Fim,* p.215).

— vai ser minada internamente. Mantém-se constante a situação de vigília nocturna, mas é perceptível, desde a primeira incursão deste plano do *aqui-agora* no plano do *lá-então,* uma alteração da situação inicial:

> *"Escrevo* à luz mortal deste silêncio lunar, *batido pelas vozes do vento,* no casarão vazio." (p.25)([30]).

"Relembro" é substituido por *"escrevo"* e há, sobretudo, uma dissonância entre "batido pelas vozes do vento" e a referência anterior à "noite de verão". Fica no ar uma sugestão de "inverno" que se avoluma algumas páginas depois, quando de novo irrompe o plano do *aqui-agora:*

> "Sofia. À luz do *meu inverno,* eis que te lembro no teu corpo esguio." (p.33).

Subsiste ainda uma dúvida – "meu inverno" poderia ser apenas uma metáfora – mas nas referências seguintes a dúvida desaparece: trata-se realmente de uma noite de inverno e não de uma noite de verão:

> "Eu te escuto *aqui,* entre os brados deste vento de inverno" (p.41);

> "Eis-me *aqui* escrevendo pela noite fora, devastado de inverno." (p.48).

([30]) É relevante observar a sequência da numeração das páginas, a partir desta citação e nas que imediatamente se seguem, porque essa sequência linear é reveladora quanto à forma como as referências ao *"agora"* acompanham a progressão da escrita do romance.

O narrador não está junto da varanda, está diante do lume de um fogão de sala:

"Pergunto-me *agora* diante de outro fogão, *aqui,* na velha casa /.../." (p.100);

"/.../um lume discreto com uma breve presença. Não como *este* diante do qual *escrevo, aqui,* na velha casa." (p.111).

É uma noite de inverno. E as repetidas referências sugerem uma noite enorme, excepcionalmente longa. Sugestão confirmada pouco depois pelo narrador:

"/.../eu o afirmo, apesar da ameaça *desta noite longa* e deste vento que estala na chaminé." (p.124);

"Eu to pergunto desde a minha *noite longa.*" (p.163).

Depois de se *alongar,* a noite *pluraliza-se:*

"*Nestas noites* de vigília ressoam-me à memória as horas das igrejas /.../. " (p.176);

"O que me arrasta ao longo *destas noites* /.../? Escrevo para ser, escrevo para segurar nas minhas mãos inábeis o que fulgurou e morreu." (p.193).

O assumir da pluralidade das noites é acompanhado por um assumir mais claro do acto da *escrita:*

"/.../a caneta com que *vou escrevendo.*" (p.195);

"Eis-me *escrevendo* como um louco, aos tropeções nas palavras, enrodilhado, contraditório talvez /.../." (p.195).

O vento de inverno deu lugar ao "luar verde de Março", as repetidas noites de escrita são sentidas como uma só "noite infinita":

> "O *luar verde de Março* sobe no horizonte da minha noite de vigília, *esta noite infinita* em que *escrevo.*" (p.196);

> "Eu te ouço ainda *agora,* Cristina, gelado à *lua verde deste Março.*" (p.205).

Mais adiante já se trata de uma noite de Abril:

> "Porque o conto *agora, nesta noite de Abril?* A Páscoa vem aí como outrora /.../." (p.235).

E por fim de uma noite de verão:

> "E agora que tudo findou, eu a ouço ainda *aqui, nesta noite de verão.*" (p.253).

As informações relativas às estações do ano, aos meses, ao estado do tempo, que, como se vê, são abundantes nestas referências ao *aqui-agora* da escrita, abundam igualmente no plano do *lá-então,* da narração propriamente dita. E há uma coincidência (?) curiosa: os dois planos temporais seguem sempre a par nesse percurso ao longo de alguns meses, entre o inverno e o verão. Quando, durante as noites de escrita, há frio, vento e o lume de um fogão de sala, há também frio, inverno e lume aceso em Évora, no enquadramento dos factos que estão a ser narrados. Quando nas noites de vigília surge o "luar verde de Março" os acontecimentos contados passam-se na época do Carnaval. A referência à "noite de Abril" coincide com a narração do que sucedeu nas férias da Páscoa. E assim por diante.

Separados no tempo, um no *presente* e outro no *passado,* os dois planos temporais mergulham num mesmo tempo atmosférico, reflectindo, em simultaneidade, um determinado desenrolar do percurso cíclico anual. Este facto estabelece um elo de ligação entre os dois planos, ajuda a criar entre eles uma rede de ambígua cumplicidade que se avoluma na última das referências que o narrador faz à sua *escrita nocturna:*

> "Noite de S.João, noite cálida de bruxas e de sonhos. Para lá da *mesa em que escrevo,* para lá da janela aberta, clarões de fogueiras /.../". (p.259).

Noite de verão, noite de S. João: o narrador escreve diante da janela aberta e o que está a contar passa-se justamente na noite de S.João, em Évora. A diegese está a chegar à sua conclusão. A escrita do romance também: de acordo com a data que, algumas páginas depois, figura no final do romance (como é usual em todas as obras de Vergílio Ferreira) — "Évora, 30 de Junho de 1959" (p.270) – a escrita do romance terminou seis dias depois da noite de S.João. E em Évora.

O percurso ordenado ([31]) das sucessivas referências ao *aqui-agora* do narrador permite concluir que há em *Aparição* uma ambiguidade inerente à sobreposição entre a situação fictícia do *narrador-personagem* e a situação real do *nar-*

([31]) Ver *nota* anterior.

rador-autor. A ambiguidade não resulta de uma deficiente caracterização da situação fictícia do narrador-personagem. O leitor sabe que Alberto *evoca (invoca)* o que se passou em Évora *vários anos mais tarde* ("Um ano e outro ano e outros anos /.../. Casei, adoeci, retirei-me do ensino." (p.268)), no isolamento de uma casa deserta, *longe de Évora* (há referências a uma montanha e Évora é na planície). Mas este esforço para salvaguardar a verosimilhança pela caracterização da situação que, na diegese, funciona como plano do *presente,* não é suficiente para obstar à intromissão da situação real da escrita do romance.

A presença desta situação (estranha à diegese e atentatória da sua autonomia) funciona como um elemento perturbador da convenção romanesca, como "sabotagem" temporal, como *subversão.* O "acto simples da criação romanesca que imita ou deve imitar a espontaneidade da natureza"(*Espaço do Invisível I,* p.265) ([32]) deixou de ser possível. A escrita do romance denuncia-se, esboça-se a "prise de conscience du récit par lui-même" ([33]). O acto de narrar reflecte-se a si próprio nesse processo simultaneamente paralisante e fecundo que será emblemático do "novo romance".

([32]) O contexto em que se insere esta observação de Vergílio Ferreira é uma avaliação sobre a "crise" do romance integrada no seu ensaio (de 1964) "Situação actual do romance":"Adiantemos desde já que o desvio do romance para o campo das ideias não é o único indício de que alguma coisa aí está em crise. Porque no próprio "novo romance" outros indícios se manifestam /.../. Destaco /.../ a própria reflexão sobre o romance no acto de o realizar /.../. O acto simples da criação romanesca que imita ou deve imitar a espontaneidade da Natureza, desdobra-se aí de uma reflexão sobre esse mesmo acto /.../". (pp.264-265).

([33]) J.Ricardou, *ob. cit.,* p.182.

Não pode haver dúvida de que é Vergílio Ferreira, como anotou Eduardo Lourenço, "o primeiro dos nossos escritores a pisar o limiar temível da má consciência romanesca." (³⁴). O primeiro também a pôr em causa a temporalidade clássica e a assumir a questionação do *tempo* como fundamental no romance.

Contar ou presentificar?

Creio ter podido mostrar que é sob o forte impacto da nova forma de conceber o *tempo* explicitada em *Aparição* que se opera a *fusão,* na obra de Vergílio Ferreira, entre teorização filosófica e teorização do romance, entre a pesquisa existencial e a pesquisa sobre a narração e a criação romanesca (³⁵).

Em paralelo com o desenvolvimento desta questionação linguistico-filosófica não parará de crescer, na obra posterior de Vergílio Ferreira, uma *tensão* entre o desejo de *narrar,* de criar ficção, e a progressiva problematização que lhe paralisa o gesto espontâneo de *contar* (³⁶). Uma tensão que desencadeia a procura explícita de novas soluções para a escrita romanesca, a procura da essencialidade do romance:

(³⁴) E.Lourenço, Prefácio à 3ª edição de *Mudança,* 1969, p.XII.

(³⁵) Eduardo Lourenço fala, em relação a Vergílio Ferreira, de "um radical questionamento do gesto romanesco", acentuando que "entre os seus camaradas de geração /.../ nenhum ousará, como Vergílio Ferreira / .../ uma palavra romanesca capaz de problematizar radicalmente não só os gestos e as acções que recria como a voz mesma e as razões da sua própria criação." (E.Lourenço, *ibidem,* p.XI).

(³⁶) Ver, neste volume, o estudo **4.**,"*Conta-Corrente:* a história de uma aventura romanesca.

"Não, um romance não se destina a "contar" – destina-se a "presentificar"." (*Conta-Corrente 3*, p.410).

Vergílio Ferreira opõe *presentificar* a *contar,* negando que a "narração" seja essencial ao romance. Consequência directa de uma concepção do *tempo* como circunscrito ao *presente,* a técnica que designa como *presentificação* é considerada por Vergílio Ferreira como um progresso irreversível:

> "Acho infantil, atrasado, o romance que conta uma "história". Insuportável. /.../ Não "contar", mas "presentificar" uma situação." (*Conta-Corrente 1,* p.165).

É esta a primeira referência, ao longo das frequentes reflexões sobre a técnica romanesca que surgem em *Conta-Corrente,* à oposição entre *contar* e *presentificar,* que será retomada várias vezes nos volumes seguintes do *diário.* Os comentários que sempre enquadram e desenvolvem esta oposição apontam no sentido da *desnarrativização* do romance: "contar" é considerado impróprio de um romancista –"Contar histórias é para as avozinhas." (*Conta-Corrente 2,* p.156).

A utilização do *presente verbal,* generalizada no "novo romance", é um índice formal da recusa consciente do efeito de verosimilhança obtido pela localização dos acontecimentos no *passado.* O romancista deixa de estar empenhado em fazer acreditar na "verdade" daquilo que conta. Os tempos do passado – nomeadamente o "passé simple", no caso do francês – são usados pelo romancista "inocente" (isto é, que aceita as convenções que salvaguardam a "inocência" como artifício necessário). O *presente* é o tempo verbal escolhido pelo romancista "não inocente" [37]. Note-se como esta distinção está implícita na seguinte "confissão" de Robbe-Grillet: "Le seul de mes romans où j'ai employé le passé simple c'est *Le Voyeur* et ceci pour une raison très particulière, c'est que le narrateur ment: il cherche à constituer son itinéraire comme innocent, alors que cet itinéraire est probablement criminel, et pour cette raison il choisit de se raconter lui-même au passé simple, en somme pour s'innocenter." [38].

O sublinhar da importância do *presente* como ligada à desnarrativização do romance e à "perda de inocência" do romancista, atestam a convergência entre a argumentação de Vergílio Ferreira e a do "novo romance". Mas há uma diferença sensível que ressalta à simples análise da escolha do termo *"presentificar"*. Dificilmente se aceitaria esta designação para referir a preponderância do *presente* no "novo romance": seria muito mais adequado usar um outro verbo formado a partir de "presente" – *apresentar.*

---

[37] É nesta perspectiva que se insere a crítica que Robbe-Grillet faz a Sartre, acusando-o de contradição por continuar a usar o "passé simple" nos seus romances mesmo depois de ter revelado uma profunda consciência das implicações desse uso: "Comment se fait-il que Sartre, qui posait aussi bien ce problème de temporalité, s'en soit sorti si mal? /.../ Ce qui frappe dans le début de *L'Age de Raison,* c'est l'emploi du passé simple. Sartre a été un des premiers à noter de façon précise, dans de nombreuses études critiques, le statut particulier du passé simple, du passé composé et du présent. Mais tout d'un coup, comme si ce qu'il avait dit n'était plus rien, il reprend avec une évidente lourdeur idéologique le discours: "Mathieu pensa: je suis fait"."(A. Robbe-Grillet, artigo cit., p.70).

[38] Idem, ibidem, p.73.

Vale a pena, creio, atentar no processo de formação do neologismo *"presentificar"* ([39]). Trata-se de um processo de derivação corrente em português (cf. "intensificar", "santificar", "fluidificar", etc.) em que a partir de um adjectivo e por meio de um sufixo de valor aspectual se obtém um lexema verbal com significação aspectual de natureza *causativa:* "presentificar" pode glosar-se como "fazer com que se torne presente". Ora só é possível "tornar presente" o que não é (está) presente: o que é (está) presente não se "presentifica", "apresenta-se". "Apresentar" pressupõe uma compresença, tem carácter *ostensivo* ([40]). "Presentificar" pressupõe uma ausência, um *não-presente* que se quer trazer ao presente. É habitual a utilização do verbo *"evocar"* para designar este processo de emergência de um *não-presente* no *presente.* "Evocar" e "presentificar" não são, no entanto, sinónimos: há em "presentificar" o traço aspectual *causativo* que falta, ou está já muito diluído, no conteúdo semântico de "evocar".

Ao escolher e insistir no termo "presentificar" para caracterizar os objectivos da sua técnica romanesca, Vergílio Ferreira revela ter consciência da importância relativa do *passado* e do *presente,* nos seus romances. A "matéria" é o passado, apresentam-se como romances da *memória,* da memória releva a sua temporalidade. Mas é o presente o centro de irradiação narrativa (e emotiva): é a emoção presente que *provoca* a emergência do passado e que, em última análise, *faz*

([39]) Schiller, na sua célebre discussão com Goethe sobre os géneros literários, usa o termo *"Vergegenwartigung"* que é retomado e discutido por K.Hamburger a propósito da noção de "ficção épica" (ver K.Hamburger, *Die Logik der Dichtung,* Stuttgart, Ernst Klett Verlag, 1957, trad. em inglês *The Logic of Literature,* Indiana University Press,1973, p.65).

([40]) "Apresentar" pode ser acompanhado (ou substituído) por um gesto mostrativo ou por expressões ostensivas do tipo *"eis", "aqui está".*

existir esse passado. "Presentificar" não é apenas evocar, é também *invocar*. O presente não se limita a deixar-se passivamente invadir pelo passado, como em Proust [41]. É o presente que chama *(invoca)* o passado, modalizando-o, *incorporando-o:*

> "Assim o próprio presente pode ter a voz do passado, vibrar com ele à obscuridade de nós." (*Aparição*, p.80);

> "Não acontece no tempo, o passado. Vibrante agora, no presente, como estrela fixa no escuro, cintilando." (*Signo Sinal*, p. 45).

Um presente "que não é nunca"

Só o presente existe. Mas não se trata de um presente que se esgota em si mesmo, que, como no "novo romance", se torna *espaço* destemporalizado. É muito mais uma aglutinação daquele triplo presente definido por Santo Agostinho como "praesens de praeteritis, praesens de praesentibus, praesens de futuris"[42]; é um presente espesso, humano, carregado de vivência temporal:

---

[41] Atente-se na seguinte observação que faz Vergílio Ferreira, num ensaio crítico: "/.../ em Proust o passado não abre, quase nunca, no halo legendário da fugidia emoção e é para nós, leitores, um verdadeiro presente. Eis porque o tempo "segregado"/.../ raramente nos dá mais o irremediável do seu escoamento do que por exemplo num Eça dos Maias." (*Espaço do Invisível I*, p.253).

[42] Cito *Confissões*, XI, 14, a partir da edição "Les Belles Lettres", Paris, 1961, Tomo II, p.311.

"O passado e o futuro são a projecção de nós no momento presente, não o presente reencontrado quando se lembra ou se prevê. E isso é só próprio do homem. Assim me resolvo em humanidade quando evoco o que passou. Tempo de outrora, tempo de nunca mais." (*Conta-Corrente 5*, p.188).

A *memória* não é um testemunho; o passado não representa, como no romance tradicional, uma garantia de verdade (de verosimilhança). Pelo contrário: despojado de significação temporal, o passado liberta uma significação modal de *irrealidade* [43]. Como tempo, como "época", o passado não existe. Dele existe (resiste) apenas a memória [44], imersa num "halo legendário" (*Espaço do Invisível I*, p.253). O passado não é o "presente que foi" é antes "o presente que não é nunca" (*Aparição*, p.144).

Não é o "presente que *foi*": efectivamente o Pretérito Perfeito, tempo factual por excelência [45], não se coaduna com a concepção de *passado* que emana dos romances de Vergílio Ferreira e que está muito mais de acordo com a semântica de um outro tempo verbal: o *Imperfeito*. O facto de estar disponível na estrutura formal das línguas naturais um

---

[43] Na semântica dos *tempos verbais* está documentada a polivalência temporal e modal dos tempos do passado.

[44] Nos romances mais recentes de Vergílio Ferreira esta concepção radicaliza-se; nem sequer como memória o passado existe: "Tudo é fictício na minha memória." (*Até ao Fim*, p.82).

[45] Óscar Lopes refere-se ao Pretérito Perfeito como "/.../o tempo típico da factualidade" (O. Lopes, "Construções concessivas. Algumas reflexões formais lógico-pragmáticas", comunicação ao *XIX Congresso Internacional de Linguística e Filologia Românicas*, Santiago de Compostela, 1989, inédito).

tempo verbal como o Imperfeito, que acumula as funções de marca temporal do *passado,* marca modal do *irreal* e marca textual da *ficção* [46], é bem significativo de como a percepção humana do passado é fundamente contaminada por essa atmosfera de irrealidade, por esse "halo legendário" que lhe atribui Vergílio Ferreira. O Imperfeito pode significar, distinta ou ambiguamente, quer um "tempo que foi" quer um "tempo que não é nunca", justamente porque (e recorro mais uma vez à palavra romanesca de Vergílio Ferreira) pode abrir no passado uma distância maior do que a que lá existe :

> "Porque o livro me abria na memória uma distância maior do que lá havia."(*Para Sempre,* p.52).

Uma distância maior: não apenas uma distância temporal mas também uma "distância" modal. Cruzamento de passado e ficção, de real e irreal .

A *irrealidade* que emana do passado é recuperada no presente como ingrediente propício à criação, bem patente nos romances de Vergílio Ferreira, de uma atmosfera de fragmentação do real por vezes vizinha do fantástico mas sem poder com ele confundir-se:

> "Não é o fantástico que pretendo, porque o fantástico é muitas vezes um real de fantasia. É outra coisa, o desajustamento subtil do imediato que nos dá um brevíssimo arrepio."(*Conta-Corrente 3,* p.406);

---

[46] Ver, em *Deixis, Tempo e Narração,* o capítulo "No quadro de uma abordagem linguística da narração e da ficção: o Imperfeito e o sub--sistema temporal fictivo".

"O fantástico não está fora do real, mas no sítio do real que de tão visível não se vê." (*Conta-Corrente 5*, p.240).

Referindo-se à presentificação do passado na técnica romanesca de Vergílio Ferreira, M. Alzira Seixo fala, num texto sobre *Nítido Nulo,* de um *"processo de reverberação"* [47]. Esta imagem, que lhe é sugerida pelo código circunstancial do romance em análise, pode generalizar-se a outros romances de Vergílio Ferreira: a *posse* do passado pelo presente produz-se sempre com esse efeito de *reverberação.* Num outro texto M. Alzira Seixo fala de *"ressonância"* [48], transpondo a metáfora do campo visual para o auditivo: num caso como no outro há um esbater de contornos que torna menos nítida uma sensação e lhe introduz esse desajuste mínimo que produz no real um halo de irreal.

Esta *reverberação* (ou *ressonância*) interior da *evocação/invocação* do passado é muitas vezes potencializada por circunstâncias exteriores: em *Nítido Nulo,* pela característica refracção da luz do sol no mar, pelo efeito embriagante das sucessivas cervejas que o narrador vai bebendo; em *Para Sempre,* pelo calor sufocante de uma tarde de verão, pelo canto de uma camponesa a elevar-se no silêncio de uma aldeia deserta. De um modo geral é sempre numa *situação-limite* de solidão e de angústia, esmagado pelo peso do passado e pela ausência de futuro, que o narrador-protagonista dos romances vergilianos procura, *voluntariamente,* recriar, possuir, compreender o passado. O presente *questiona* o passado, interpela-o, funde-se com ele: tal como os "contornos" das

---

[47] M.A. Seixo, *Discursos do Texto,* Lisboa, Bertrand, 1977, p.176.

[48] M.A.Seixo, *Para um estudo da expressão do tempo...* (já citado), 2ª ed., p.172.

imagens e dos sons, também se esbatem as fronteiras temporais. O efeito é, neste caso, a percepção fictícia do *intemporal* ([49]), da *eternidade,* que se patenteia sobretudo em *Para Sempre* ([50]).

Anulada a sequencialidade temporal, *narrar* torna-se impossível: a escrita romanesca de Vergílio Ferreira persegue um outro modo enunciativo. São constantemente usados recursos discursivos ligados à *interlocução,* ao modo de enunciação não-narrativo: para além da 1ª pessoa e do presente verbal, surgem a 2ª pessoa e o imperativo; a interpelação e a interrogação. Aos "advérbios narrativos" ([51]) como *"depois", "então", "em seguida"* que marcam uma sequencialidade temporal linear, são preferidos advérbios do tipo *"subitamente", "abruptamente", "de repente",* e expressões claramente *ostensivas* como *"eis", "eis que".*

Evocação/invocação. Presentificação: "Não, um romance não se destina a "contar" − destina-se a "presentificar"." *(Conta-Corrente 3,* p.410).

Como assinala E.Prado Coelho, num texto sobre *Signo Sinal:* "/.../a escrita emerge não sobre um fundo de narrativa possível, mas sobre a impossibilidade de qualquer narrativa." ([52]).

([49]) cf. M. Alzira Seixo, *ob. cit.*(1987), p.174: "/.../há muitas vezes uma carga de irrealidade nos ambientes e nas situações que deriva em parte da relação /.../ com o intemporal ou com as outras formas de comunicar uma suspensão no tempo /.../".

([50]) Ver, neste volume, o estudo **3.**, *"Para Sempre:* ritmo e eternidade".

([51]) Cf. H.Weinrich, "Les temps et les personnes" in *Poétique* nº 39, 1979, p.340.

([52]) E.Prado Coelho, *"Signo Sinal* ou a resistência do invisível" in *Colóquio-Letras* nº 54, 1980, p.61.

Teorização produtiva

A incansável pesquisa de Vergílio Ferreira sobre o tempo e a narração, sobre a essencialidade e viabilidade do romance, não seguiu, como vimos, um percurso predominantemente teórico. A compreensão dos problemas linguístico-filosóficos postos pela escrita romancesca não a procurou Vergílio Ferreira apenas pela via da reflexão, da leitura, da crítica. Procurou-a sobretudo *escrevendo romances,* actividade que nunca interrompeu (o mais recente dos seus romances — *Em Nome da Terra* (1990) — foi terminado aos setenta e quatro anos).

A "reflexão sobre o romance no próprio acto de o realizar"(*Espaço do Invisível I,* p.265) tem na sua obra uma cabal exem-plificação. Os romances reflectem a crescente *tensão* provocada pela contenção do vigor narrativo, do "gosto de contar", reprimido pela consciência crítica. Mas essa *tensão,* que se manifesta em *reiterações obsessivas* de vária ordem, não compromete a força romanesca, o êxito dos romances enquanto romances. *Para Sempre* é um exemplo flagrante desse facto e deve ser avaliado como uma prova de êxito *de todo um percurso de pesquisa.* Verifica-se, com este romance, a circunstância invulgar de ser considerado uma obra-prima, sem reticências, numa manifestação rara de unanimidade entre críticos de várias tendências e o público leitor.

As opiniões elogiosas nem sempre são acompanhadas, no entanto, de uma avaliação positiva do percurso de *profunda questionação (teórica e prática)* da escrita romanesca que culmina com *Para Sempre.* Atente-se, por exemplo, na seguinte afirmação de G. R. Lind: "*Todavia,* Vergílio Ferreira *con-seguiu* dar-nos, ultimamente, uma verdadeira obra-prima, que coroa o seu labor de romancista. Refiro-me a *Para*

Sempre /.../."[53]. A adversativa inicial, com o reforço subtil presente em "conseguiu", faz pressupor que a produção de uma obra-prima vem contrariar uma expectativa de sentido contrário. E realmente, integrando a afirmação no seu contexto, verificamos que G. Lind acabava de lamentar que Vergílio Ferreira tivesse estado "preso às novidades francesas"[54], deixando-se arrastar pela "crise" do romance francês. Em suma: G. Lind avalia como negativa a "má consciência" do romancista inerente à atitude de *pesquisa*, embora considere positivo, como resultado dessa pesquisa, o romance *Para Sempre*. Avaliação contraditória, que corresponde a algo como: "conseguiu encontrar, *apesar de* ter procurado".

Para Sempre é indubitavelmente um ponto de chegada. Um ponto alto. Diz E. Prado Coelho que, neste romance, as constantes da obra de Vergílio Ferreira encontram "o lugar certo da ficção, que é um pouco *o lugar certo da vida* que a própria ficção persegue." [55]. Eu substituiria, nesta perspicaz afirmação, lugar por *ritmo. O ritmo certo.* Porque de procurar um *ritmo* se tratava [56].

---

[53] Georg Rudolf Lind, "Constantes na obra narrativa de Vergílio Ferreira" in *Colóquio-Letras,* nº 90, 1986, p.44 (sublinhado por mim).

[54] Idem, ibidem, p.44.

[55] E.Prado Coelho, "A propósito de prémios (fragmentos de um discurso mundano)" in *Jornal das Letras,* 3 de Abril de 1984, p.3 (sublinhado por mim).

[56] Ver o estudo que se segue, *"Para Sempre:* ritmo e eternidade".

3. *Para Sempre:* ritmo e eternidade ([1])

> *"Sofre ritmicamente."*
>
> (F. Pessoa, *Livro do Desassossego*).
>
> *"Le sens du rythme est le génie."*
>
> (Novalis, *Fragments sur la Poésie*)

Tempo

"Suspenso da tarde, suspensa a hora na radiação fixa de tudo, *o tempo*. É um tempo de eternidade sem passado nem futuro/.../." (*Para Sempre*, p.145).

Em *Para Sempre* (1983) o *tempo* não é um tema, uma questão filosófica, um problema da técnica romanesca. Ou melhor, sendo tudo isso, é mais do que tudo isso: é a *representação global que emana do romance* e lhe é inerente. Tempo e romance formam um todo: a configuração do tempo é interiorizada como a própria razão de ser de uma escrita romanesca que se assume claramente como *produção rítmica de uma experiência temporal fictiva.*

([1]) Ver a nota inicial do estudo anterior.

Na reflexão sobre o tempo que termina *Aparição* (1959), a realidade do tempo é circunscrita ao *presente:* "O tempo não existe senão no instante em que estou", o "instante perfeito da totalidade presente."(p. 268). Num ensaio escrito pouco tempo depois (1962), Vergílio Ferreira corrige esta concepção de *presente,* radicalizando-a:

> "/.../o presente não existe nem como instante: o presente presentifica-se em forma de fuga." (*Da Fenomenologia a Sartre,* p.102).

Correcção necessária, que aliás se limita a explicitar o que estava implícito no afirmar que o tempo só existe "no instante em que estou": *"instante"* e *"estou"* são incompatíveis, anulam-se. A vivência temporal do "instante" ("estar no instante") é algo impossível, é uma *ficção,* como assinala B.Pottier:

> Le seul moment perçu est donc justement celui que l'on ne peut saisir. Le "moment présent" est ainsi le seul qui soit vécu ("réel"), et qui, en même temps, échappe à sa réalité (chaque fraction de temps futur devient passé, le présente étant un *fiction vécue*).([2]).

"Ficção vivida" é, pois, esse "instante perfeito da totalidade presente" de que falava Vergílio Ferreira em *Aparição:* o *instante* nunca é *perfeito* (acabado); o *presente* nunca é uma *totalidade.* Mas a percepção, *vivida fictivamente,*

([2]) B.Pottier, *Théorie et analyse en linguistique,* Paris, Hachette, 1987, p.163.

de uma dimensão "perfeita" no instante permite o acesso a uma *totalidade* que é, no domínio temporal, a *eternidade*.

É esta a *experiência fictiva do tempo* que emana do romance *Para Sempre*.

A dialéctica da *eternidade* e do *instante* é, pelo menos desde a profunda reflexão de Santo Agostinho sobre o tempo, no Livro XI de *Confissões*, uma questão filosófica inesgotável e com uma longa história que não me compete aqui referir. Pretendo apenas chamar a atenção para a presença dessa questão na *filosofia intrínseca às línguas naturais*, abordando a dialéctica da *eternidade* e do *instante* à luz da *deixis temporal*. Um tipo de abordagem sugerido na formulação de B.Pottier acima transcrita, sobretudo se lhe juntarmos uma outra afirmação em que está directamente implicada a noção de *deixis* na presença da tríade *"espace-temps-notion"* (o esquema "E-T-N" de que B.Pottier sempre parte quando se refere à *deixis*)([3]):

> "Le point de départ, principe unique, peut être vu comme la totalité du concept:
> dans le temps: l'Éternel (cf.*toujours*)
> dans l'espace: l'Infini (cf.*partout*)
> dans le notionnel: l'Universel (cf.*tout*)."([4]).

Nas línguas naturais os domínios espacial, temporal e nocional são organizados *deicticamente*, isto é, a partir do marco de referência constituído pelo acto de enunciação. A utilização significante desse marco de referência torna pos-

---

([3]) Cf. B. Pottier, *Linguistique Générale.Théorie et description,* Paris, Klincksieck, 1974, p.188 e p.322.

([4]) B. Pottier, *ob. cit.* (1987), p.26.

sível a intersubjectividade indispensável à comunicação, estabelecendo oposições deícticas (no domínio temporal, passado, presente e futuro, isto é, anterior, concomitante ou posterior relativamente a To, o "momento" da enunciação). Sendo assim, o conceito de *eternidade* só se obtém, na língua, pela neutralização das oposições deícticas. É um *arqui-conceito temporal* que, ao neutralizar as oposições deícticas, as pressupõe.

A percepção da "totalidade do conceito" de tempo só seria possível na ausência do marco de referência deíctico – o *agora,* que pressupõe o *eu,* o sujeito falante. Por outras palavras: a *eternidade* seria o tempo sem o homem (na concepção cristã de Santo Agostinho, o tempo de Deus, inacessível à imperfeição humana).

O homem pode ter acesso à representação conceptual desse arqui-conceito temporal e dizê-lo (*"sempre"*), mas não pode experimentá-lo, vivê-lo. A não ser *fictivamente.* Tal como o *instante,* também a *eternidade* é uma *ficção vivida.* Não podendo separar-se do *agora* que transporta consigo, o sujeito falante só pode aceder à vivência do *sempre* pela ficção vivida do "instante perfeito da totalidade presente" (*Aparição,* p.254), quer dizer, pela percepção como *totalidade* (como *sempre*) do próprio marco de referência deíctico, o *agora.*

Esta experiência fugaz é intuída globalmente em *Aparição* como a "aparição" do *eu* a si próprio. Em *Para Sempre* é coerentemente desenvolvida na sua dimensão trágica. Trágica na medida em que o homem, para tentar dominar o tempo, compreendê-lo como uma *totalidade,* destrói a única possibilidade que tem de o criar na linguagem, de estabelecer um *antes* e um *depois,* uma cronologia.

Ao tentar libertar-se do tempo, usurpando o privilégio "divino" de captar o *eterno,* o homem descobre-se, afinal, ainda mais preso ao tempo: prisioneiro de um *presente* que, por muito alargado, não deixa de ser sempre e só o (seu) *instante,* não tem sequer a possibilidade de ilusão que só o tempo tripartido (humano) lhe proporciona: a memória, a expectativa, a reversibilidade – a *narração.* A criação do tempo na e pela linguagem.

Fundem-se em *Para Sempre,* de forma inseparável, a questão do tempo e a questão da linguagem. A linguagem – linear, temporalmente condicionada desde a sua própria produção psico-fisiológica – pode, apesar disso, e por ser a matéria-prima da *memória* e da *narração,* dar ao homem a ilusão de dominar o *tempo.* Mas deixa-o preso de qualquer modo preso na linguagem, nessa

> "/.../rede aérea de sons, a mais frágil produção do homem /.../ sem uma aberta para sair de lá." (pp. 194-195).

A reflexão filosófica sobre a linguagem está presente em todo o romance e explicita-se até como lição "de linguística ou filosofia"(p. 193) posta na boca de um professor da Faculdade de Letras (p.193-198). A importância fundamental que Vergílio Ferreira confere à reflexão sobre a linguagem evidencia-se no facto de este professor não ser submetido ao ridículo da massificação onomástica infligida a todas as personagens que, em *Para Sempre,* dissertam sobre este ou aquele tema: *Carlos Paixão*(p. 58) fala sobre gastronomia; *Carlos da Salvação* (p. 140) sobre política; *Carlos da Ascenção* (p.174) sobre religião e caridade; *Carlos da Assunção* (p. 230) sobre cultura; *Carlos da Encarnação* (p. 284) sobre educação e família. Só o professor que fala sobre filosofia da linguagem não é "Carlos /.../": depreende-se que,de todos estes temas, só o da *lin-*

guagem é tomado a sério porque nele se dissolvem todos os outros ([5]).

A procura de uma compreensão do *tempo* é indissociável, em *Para Sempre*, da procura de uma compreensão da *linguagem* consubstanciada no perseguir da *palavra intemporal*, uma busca obsessivamente explicitada ao longo do romance:

"A palavra ainda, se ao menos. A palavra final. A oculta e breve por sobre o ruído e a fadiga. A última, a primeira." (p.16).

É a procura de um "para lá" da linguagem que, tal como a eternidade, é inacessível ao homem; a procura da palavra que ecoa na eternidade, submersa por "milénios de balbúrdia, tagarelice infindável" (p.25):

"Mas por sob todo este linguajar — que palavra essencial? A que saldasse uma angústia. A que respon-

---

([5]) O que é explicitado longamente na lição desse "professor de linguística (ou filosofia)":

"Filosofia, política, religião, relações vulgares humanas, mesmo a arte quando mais discursiva, tudo é uma rede formal de ilusão e de vazio."(p.198);

"Ninguém pode sair das fronteiras da língua, a objectividade da razão está na rede que uma língua teceu. /.../ a quase totalidade dos problemas filosóficos são problemas sem fundamento,problemas feitos de palavras a que nada corresponde." (p.197).

Fica-nos a sensação de que este professor de linguística (ou filosofia) era um leitor de Wittgenstein. Aliás, surgira já num outro passo do romance esta interpelação, tão wittgensteiniana:

"Oh,não penses. Olha apenas."(p. 44).

desse à procura de uma vida inteira. A que fica depois, a que está antes de todas quantas se disseram." (p.25).

Santo Agostinho, na sua reflexão sobre o *tempo,* também se interrogara sobre essa "palavra primordial", que não pertence ao homem. Para Santo Agostinho é a palavra de Deus, a *palavra da criação,* mas que de qualquer modo deixa uma perplexidade, uma interrogação em aberto:

> "Portanto é necessário concluir que falastes e os seres foram criados. Criaste-los pela vossa palavra. /.../ Mas que *palavra* pronunciastes para dar ser à matéria com que havíeis de formar aquelas palavras?" (*Confissões,* Livro XI, pp.297-298)([6]).

Para Vergílio Ferreira, essa palavra que ecoa na eternidade não pertence ao homem, mas é um eco da palavra do homem:

> "Há uma voz obscura no homem, mas essa voz é a sua. Há um apelo ao máximo, mas vem do máximo que ele é. Há o limite impossível, mas é do excesso que é o próprio homem." (*Espaço do Invisível I,* pp.9-10).

Também o *tempo* não pertence ao homem, embora ele lhe dê origem:

> "O tempo não passa por mim; é de mim que ele parte." (*Aparição,* p.269).

([6]) Cito *Confissões* pela tradução portuguesa de J.Oliveira Santos e A.Ambrósio de Pina, Porto, Livraria Apostolado de Imprensa, 11ª edição.

É entre essas duas realidades que cria mas que o excedem — a *linguagem* e o *tempo* — que acaba por jogar-se todo o problema da condição existencial do homem, condição simbolicamente condensada, em *Para Sempre,* numa procura da *palavra primordial,* da *palavra intemporal.* O que simboliza também o percurso da escrita, a condição do romancista.

O *romance,* género literário mais próximo da realidade humana, colou a sua condição à condição do homem. *Para Sempre* dá forma eloquente a essa fusão, sob a égide do dilema trágico do *tempo.* A problemática temporalidade romanesca tende a neutralizar-se, neste romance, no arqui-plano temporal do *sempre,* da *eternidade.*

Uma vivência fictiva que é *angustiante,* porque leva o homem a intuir, a encarar, um mundo temporal de que está ausente. Mas que é também *apaziguadora,* porque o liberta fictivamente da sua *contingência deíctica.* Esta "libertação" é reforçada, em *Para Sempre,* pela exploração de uma dimensão temporal *não deíctica:* o *ritmo.*

Ritmo

O título do romance —*Para Sempre* — institui desde o início um tempo em aberto, um tempo de eternidade. A expressão "para sempre" repete-se, num *eco ritmado,* ao longo do texto. Ao

"Para sempre. Aqui estou." (p.9)

que abre o romance, (co)responde, num eco, o

"Aqui estou. /.../ Para sempre." (p.306)

que o termina. As frequentes repetições, ao longo do texto do romance, de *"para sempre"* (com variantes como *"desde sempre"*, *"de sempre"*, *"de nunca"*) e de *"aqui estou"* (com variantes como *"estou aqui"*, *"estou só"*) desenham um encadeamento anafórico no interior desse percurso circular entre o *"Para sempre. Aqui estou."* inicial e o *"Aqui estou. Para sempre."* final.

Desta aproximação circular entre o início e o final do romance ressalta a poderosa sugestão de uma *macro-estrutura rítmica:* um *movimento pendular,* movimento que se nega a si próprio porque não progride, ou melhor, porque suspende indefinidamente a sua progressão. Esta sugestão de um *movimento pendular* ao nível da macro-unidade textual que é a totalidade do romance é reforçada pela estrutura rítmica das micro-unidades *"Para sempre. Aqui estou"* e *"Aqui estou. Para sempre"* que são segmentadas de forma isócrona.

Este *movimento pendular* é um movimento que, algo paradoxalmente, sugere *suspensão, estatismo.* "Estatismo" que se encontra também presente, como traço semântico, em *"estar"* e *"sempre"*. E que está em consonância com o tema do romance: a *velhice* e a *morte.*

No início do romance, Paulo – velho, viúvo[7] e só – chega à aldeia onde nasceu para aí passar o tempo de vida que lhe sobra:

---

[7] A situação-limite de *solidão* vivida por Paulo é a solidão da *velhice* agudizada pela *viuvez.* A importância que nessa situação assume a *viuvez* é marcada desde a página inicial do romance: a primeira referência à mulher – Sandra – torna evidente uma separação: *"Aqui estou. /.../ Lá ficou."* (p.9). O irremediável desta separação é para Paulo um sentimento obsessivo que se traduz nas repetições posteriores de *"Lá ficou.":*

"Para sempre. Aqui estou. É uma tarde de Verão, está quente. Tarde de Agosto." (p.9).

"E *lá ficou.* Era uma citadina.*Lá ficou.* Deves ouvir agora o tráfego na cova, uma poeirada de ruído às revoadas por cima. Com a memória da cidade que continua. *Lá ficou.*"(p. 24)

Lá ficou." soa como um refrão tristíssimo, um "nunca mais" com ressonâncias de ritmo fúnebre. A intensa *saudade* de Sandra é a emoção mais fortemente presente no romance, uma emoção violenta e *contida,* que se expande e se domina. Tão próxima e sempre tão distante, a figura de Sandra atravessa todo o romance, como atravessa toda a vida de Paulo:

"Sandra /.../ atravessas-me a vida para o passado e para o futuro."(p. 49);

"Como é que tu estavas tanto na passagem de mim à vida?" (p. 289).

Embora o meu intuito seja o de sublinhar o lugar que ocupa *Para Sempre* entre os mais conseguidos "romances do Tempo" ("Zeitromane", na expressão de Thomas Mann), não tenho dúvida em reconhecer que figuraria igualmente bem numa escolha dos mais sentidos "romances de amor". Sandra, envolta num halo de distância e inacessibilidade, é a mais fascinante das personagens femininas criadas por Vergílio Ferreira. Fascínio a que sucumbiu o seu próprio criador:

" E Sandra levanta-se-me como a imagem perfeita de uma sedução encantada. Sandra da minha invenção, do meu apelo absoluto no absoluto da juventude, flor aérea do meu deslumbramento. /.../ Saudade de nunca, Sandra morta antes de nascer, Sandra ríspida,linda e infantil./.../Sandra, Sandra. Invenção da minha agonia. /.../ Sandra do meu tormento, da minha pacifica-ção. Sandra que nunca foste, do que nunca fui. Até sempre." (*Conta-Corrente 4,* p. 483).

Não é Paulo que fala, é Vergílio Ferreira,no seu *diário.* E mesmo em *Para Sempre,* quando a "voz" é a de Paulo, há momentos em que a "voz" do narrador-autor fala mais alto que a do narrador-personagem:

"Subitamente – querida Sandra. /.../ Vou fazer-te existir na intensidade absoluta da beleza, na eternidade do teu sorriso. Vou

No fim do romance, a situação (quase) não se alterou:

"É uma tarde quente de Agosto, ainda não arrefeceu.
/.../ Aqui estou. Na casa grande e deserta. Para sempre."
(p.306).

Trata-se da mesma tarde de Agosto, só que mais adiantada ("...está quente."/"...ainda não arrefeceu."). O lugar é também o mesmo. O sujeito – *eu* – não mudou, nem mudou a sua condição: continua a *estar* ali (para sempre). A mesma situação de enunciação: o mesmo *eu-aqui-agora* numa imobilidade que transforma a *pontualidade* do *agora* na *eternidade* do *sempre*.

Neste plano do *aqui-agora* em que se situa a diegese primária do romance (*aqui* – a casa deserta; *agora* – a tarde quente de Agosto) quase nada se passa. Depois de chegar à aldeia, nessa tarde sufocante de calor, Paulo realiza múltiplos movimentos: põe o carro na garagem, pega em duas malas, sobe a escada exterior, desce a buscar outra mala, volta a subir, abre a porta da casa, percorre metódica e lentamente os vários quartos, abre as janelas, bebe água, senta-se num sofá, dá corda ao relógio, debruça-se na varanda, desce as escadas interiores... Seria fastidioso enumerar quantas vezes Paulo corre os fechos perros, abre portas e janelas empenadas, sobe

---

fazer-te existir na realidade da minhapalavra. Da minha imaginação." (p. 60).

Com mais clareza ainda se evidencia esta sobreposição da "voz" do autor no comentário que faz Paulo(?) depois de ter evocado a sua noite de núpcias com Sandra:

"Tão ridículo, eu sei. Esta ficção que eu invento e a minha entrega absoluta ao que inventei."(p. 211).

e desce escadas, fecha portas e janelas que antes abrira. Todos estes movimentos, minuciosamente registados, acabam por anular-se enquanto movimentos: pela repetição e lentidão adquirem uma feição *estática,* imobilizam-se.

O *presente* em que se desenvolve a diegese primária tende assim a ser uma noção mais *aspectual* do que *temporal* — é um presente *estático.* Nada acontece, e o obsessivo registo minucioso de todos os pequenos movimentos de Paulo é uma forma de intensificar o *vazio* narrativo. E uma forma também de traduzir metaforicamente a condição da *velhice,* em que se identificam *ser* e *estar:* um velho *é* porque (ainda) *está:*

"*Sê* homem até onde for necessário *estares*" (p.246).

O *presente* incorpora um *futuro próximo* que, de tão reduzido e irrisório, não chega a instituir-se como tempo distinto do presente:

"Preparar o *futuro* - o *futuro...*" (p.10).

Ao lado do *presente verbal* é usada constantemente no romance a perífrase *ter de + infinitivo:*

"Tenho de ir procurar a Deolinda" (p.23);
"Tenho de ir fechar as janelas. *Tenho de.*" (p.117);

"*Tenho de.* O pequeno intervalo entre a minha disponibilidade e a pequena tarefa a realizar. *É o meu futuro.*" (p.159).

É explorado o valor temporal da perífrase (*futuro próximo)* como decorrente do seu valor modal *deôntico,* inseparável aqui de uma *injunção,* de um "movimento" da vontade: a obrigação de preencher e inventar um *futuro :*

"*/.../tenho de.* Construir o futuro sem futuro para construir." (p. 160).

Preencher e inventar, afinal, um *presente. Estar.*

"Tenho de ir — que tens que ir? Tens só que *estar.*" (p.50).

Mas este plano imóvel e estático, preenchido por movimentos que se anulam na sua própria lentidão e repetição, é constantemente cruzado, desde as primeiras páginas do romance, por outros movimentos, *"súbitos", "abruptos".* Movimentos que irrompem para serem logo a seguir dominados, *aquietados.* Estabelece-se uma *oscilação pendular* entre duas isotopias: *movimento- quietude (voz-silêncio; vida-morte).* Primeiro são movimentos interiores — *emoções:*

"E uma comoção *abrupta* — sê calmo." (p.9);

"E uma *súbita* ternura não sei porquê.Silêncio. Até ao oculto da tua comoção." (p.10).

Movimentos que tomam forma como *auto-interpelação:* a *l^a pessoa* do início do romance desdobra-se numa *2ª pessoa,* ao lado do *presente* surge o *imperativo.*

Depois são movimentos "exteriores", acontecimentos. *"De súbito", "de repente"* sucedem coisas:

"E *de repente* dobra o ângulo oposto da casa, vem direita a mim /.../ traz um molho de couves num braçado, tia Luísa.
— Já vieste, Paulinho?" (p.10).

Mantém-se o *presente verbal,* mas surgem a *3ª pessoa* e o *discurso directo.* As marcas narrativas emergem, a *evocação do passado* esboça-se logo a seguir numa transição quase imperceptível, uma mudança rápida do *presente* para o *imperfeito* a que se segue a expansão da *narração:*

> "E *de súbito* tia Luísa *entra* pelo portão, *era* um dia quente de Julho. Eu *sentara-me* num sítio onde o balcão *dava* sombra /.../. Tia Luísa *vinha* da aldeia, *tinha ido* decerto buscar coisas à loja. *Trazia* os olhos baixos, a boca travada de ira. Sem me dizer palavra, *subiu* os degraus e *desapareceu* porta dentro." (p.11).

O *pretérito perfeito ("subiu", "desapareceu")* permite ancorar decididamente a *evocação (imperfeito, mais que perfeito)* num passado concreto, numa época anterior ao presente da enunciação. E há mesmo o emprego do *mais que perfeito simples (sentara-me)* que é, em português, uma forma verbal claramente conotada com a *narração.*

Se este processo deslizante *(situação presente – emoção – evocação – narração),* que tentei surpreender nas três primeiras páginas do romance, se produzisse uma só vez e *de vez,* estaríamos perante um artifício clássico da técnica romanesca: o "flash-back". Paulo, no fim da vida, sob a influência de um estímulo externo (a chegada à casa em que passou a infância) e um estímulo interno (a emoção que isso lhe provoca) começa a *contar a sua história.*

Mas esta *indução da narração* funciona, em *Para Sempre,* como mais um *elemento rítmico obsessivo.* Processo constantemente interrompido e recomeçado, a sua repetição vai torná-lo inoperante como artifício narrativo, como forma de criar uma sequencialidade temporal.

92

No quadro da relação isotópica entre *movimento* e *quietude* que percorre o texto do romance, a *indução da narração* funciona como geradora de *movimento*, (re)criando um *passado* cheio de *vida:*

"/.../recuperar na memória o tempo em que transbordava de *vida*" (p. 223).

Vida e alegria passadas que a *voz* de uma mulher a cantar no campo ([8]) ajuda a trazer ao presente :

" Vem de longe, de uma memória antiquíssima, aceno da *vida* que findou. É um canto claro, ouço-o no fundo da terra /.../.Detenho-me ainda, escuto. A alegria que morreu e me fala ainda." (p.21);

"/.../canto da alegria da *vida*, que é triste por ser longe."(p. 50).

([8]) É nítida a reminiscência do poema de Pessoa (ortónimo)"Ela canta, pobre ceifeira/.../", em que também a voz de uma mulher que trabalha no campo se eleva no ar — "Ondula como um canto de ave/ No ar limpo como um limiar"— e desperta no poeta uma emoção — "Ouvi-la alegra e entristece/ Na sua voz há o campo e a lida,/ E canta como se tivesse/ Mais razões para cantar que a vida." —, emoção que desencadeia um estado de devaneio intelectual que ele tenta prolongar: "Ah, canta, canta sem razão!/"O que em mim sente está pensando.". Todos estes tópicos são também glosados por Vergílio Ferreira a propósito da camponesa cujo canto pontua e induz a narração, em *Para Sempre*. (Cito o poema de F. Pessoa pelo Vol. I de *Obra Poética e em Prosa*, Porto, Lello e Irmão, 1986). Já em *Invocação ao Meu Corpo* Vergílio Ferreira se referira à ceifeira de Pessoa (p. 302) e, num outro passo, aludira ao "canto erguido algures entre as terras lavradas" como indutor da evocação (*Invocação ao Meu Corpo*, p.98).

As repetidas referências à cantiga que se eleva no silêncio da tarde revelam o seu efeito catalisador no processo de *indução da narração,* de criação de *movimento.*

Mas esse *movimento* é constantemente interrompido, *suspenso:* as cenas narradas *paralisam-se* de repente, tornam-se quadros espectrais, irreais:

"Transfigurada em legenda, toda a cena fantástica de silêncio." (p.36).

"...o *silêncio,* o *silêncio.* Minha mãe gesticula ainda, tem o gesto *fixo na imobilidade da memória,* a boca aberta num grito *mudo,* uma vaga de névoa esparsa no ar, apaga-se no horizonte. *Silêncio. Na tarde opaca de calor."* (p.37).

A *narração* não toma forma, a memória paralisa-se, o passado é contaminado pelo *silêncio* da tarde parada na casa deserta, é o presente que agride o passado. Mas quando esse *silêncio* presente é interrompido pela *voz* da camponesa que canta, a *narração* ganha de novo movimento:

"Mas quando abro a janela. Vem do fundo das leiras/.../ abre-se à amplidão do espaço – *canta,* quem és? /.../ a tua *voz* pura na tarde imensa da minha solidão/.../. E enquanto a música ondeia no ar, eu regresso da vila com as minhas tias. *Era* Inverno, ao escurecer. A carroça *tinha* um tejadilho /.../." (p.37).

Ritmo de acção e inacção, voz e silêncio. *Ritmo* que é sugerido pelo próprio canto:

"É um canto com um *ritmo de igreja* /.../ com um *ritmo de eternidade."* (p.37).

E que se repete em eco na *narração* que o canto ajuda a *induzir:* o *ritmo* do andamento da carroça, os cascos do cavalo a bater nas pedras:

"... no silêncio, *ritmados, como num bater de relógio,* as patas do cavalo contra as pedras da estrada. Havia calor." (p.39).

Repetição

É possível multiplicar a exemplificação de passos do romance em que se repete este processo de *indução* e subsequente *paralisação*[9] da narração criando recorrências narrativas a nível macro-estrutural: recorrência de um processo e também recorrência das cenas narradas que, interrompidas, são por vezes parcialmente retomadas. Um dos aspectos mais bem conseguidos que assume esta recorrência parcial de cenas é a irrupção repetida de fragmentos soltos (fragmentos de diálogos, nomeadamente) que, surgindo desligados de um contexto, têm essencialmente uma função rítmica e evocativa. Trata-se quase sempre de ecos distantes e persistentes de recordações da infância:

— a pergunta sem resposta
" — Tu sabes o que foi que ela disse?",

carregada de tristeza e perplexidade infantil, sobre as últimas palavras pronunciadas pela mãe, e que é repetida muitas vezes

---

[9] Um processo que podemos aproximar do "paralítico" na técnica cinematográfica. Uma tentativa de adaptação ao cinema de *Para Sempre* implicaria sem dúvida o recurso quer ao "paralítico" quer à desfocagem de imagens.

(p.19, p.68, p.77, p.108, p.135, p.144, p.152, p.198 — duas vezes, p.302 — duas vezes);

— o chamamento zangado da tia Luísa, prenunciador de ralhos e tabefes:

"Pauli...i...nho!"(p.72 e p.74) ou
"Paulinho!" (p.16, p.127, duas vezes, e p.179);

— a pergunta mais suave da tia Joana

"Já vieste, Paulinho?"(p.10, p.13),

retomada posteriormente mais que uma vez, com o diálogo que se lhe segue (p.17 e p.200):

" — Julguei que não viesses.
— Como não vinha? Evidentemente que vinha.
— Não te esqueças de escolher as batatas.
— Não esqueço.
— Guarda as vermelhas para o fim, que não se estragam.".

Estes *surtos de passado,* frequentes e sincopados, emergem num plano do presente que está também saturado de elementos recorrentes; os movimentos que Paulo efectua na casa deserta são repetitivos (abrir ou fechar janelas e portas, subir e descer escadas, etc.), e são ainda mais repetitivos os seus pensamentos relativos ao presente e futuro próximo, que se manifestam essencialmente como injunções:

— repetidas injunções à aceitação, aquietação e silêncio:

"Sê calmo." (p.9, p.17, p.22, p.124, p.193, p.208,etc);
"Ah, e se te calasses? tu falas tanto." (p.23, com variantes próximas p.10, p.17, p.27, p.44, p.63, etc);

— constantes injunções à realização de pequenas tarefas imediatas, sempre materializadas no uso da perífrase *"tenho de/.../"* (uso já analisado atrás):

"Tenho de ir chamar a Deolinda."(frase repetida cerca de trinta vezes);

"Tenho de ir abrir [fechar] /.../"[a casa, as janelas, as portas, as lojas] (frases repetidas cerca de trinta e cinco vezes).

Repetitivas também são as sensações consciencializadas por Paulo ao longo da "tarde quente [sufocante, abrasada, afogueada, ardente]": o calor (referido quase página a página), a sede, e duas percepções auditivas marcantes— o canto de uma camponesa que se eleva do vale (referido cerca de trinta vezes) e o som do mecanismo de um relógio de parede (referido cerca de vinte vezes). É de notar que, no caso destas sensações auditivas, o efeito rítmico criado pela sua recorrência é potencializado pelo sublinhar do *ritmo* que lhes é intrínseco: o *canto* tem "/.../ um ritmo de Igreja /.../um ritmo de eternidade"(ver atrás); o "bater compassado" do *relógio* tem "a cadência do remar para a eternidade"(ver adiante).

Juntam-se a estas recorrências narrativas, intensificando-as, outros tipos de recorrência constituídos pelas repetições obsessivas tantas vezes apontadas como características do estilo de Vergílio Ferreira. Limito-me a anotar:

— as repetições constantes de *frases curtas,* quer afirmativas:

"e *lá ficou.* Era uma citadina. *Lá ficou.* Deves ouvir agora o tráfego na cova /.../. *Lá ficou.*" (p.24);

quer exclamativas:

> " – *canta!* E ao meu apelo o canto ergue-se da distância e do mistério – *canta!*" (p.177);

quer interrogativas:

> "Está no fim o meu percurso de humanidade – *e depois?* Está no fim, já sei – *e daí?*" (p. 169);

– o uso constante de *fórmulas de transição* do tipo: *"e subitamente", "mas de repente", " e foi quando", "e eis que":*

> "*E subitamente* – querida. *Subitamente* – querida Sandra." (p. 59);
> "*Foi quando* de novo, era a voz da terra." (p.124);

– o pontuar das tentativas de indução da narração com referências cronológico-climatéricas sempre introduzidas pelo Imperfeito *"era/.../":*

> "*Era* um dia quente de Julho."(p.11)
> "*Era* à tarde" (p.27)
> "*Era* Inverno, ao escurecer."(p.37)
> "E *era* Verão."(p.39)
> "*Era* um dia de neve" (p.66), etc.

– as repetições de *palavras:* "sempre", "silêncio", "quietude", "alarme", "calor", "canto", "tempo", "palavra", "vida", "eternidade", "instante", "imóvel", "fixo",...

Todas estas formas de repetição se conjugam e potenciam na obtenção de um efeito de *imobilidade* que surge como resultado, aparentemente paradoxal, de um movimento rápido repetitivo. Este efeito, bem claro na macro-estrutura do romance, pode também observar-se em fragmentos, como, por exemplo, neste passo em que o narrador, num dos momentos (sempre recorrentes) em que a narração está *em suspenso*, se obstina obsessivamente em fixar a imagem *paralisada:*

> "E de súbito *ficas imóvel assim,* instantânea de luz /.../ *. Fica-te assim,* oh, *não te mexas.* Tenho tanto que dar uma volta à vida toda. *Não te movas.* Sob a eternidade do sol e da neve. Um clarão à volta de deslumbramento. Irradiante fixo. *Não te tires daí.* Instantâneo da minha desolação. *Não saias daí.* A boca enorme de riso, os olhos oblíquos de um pecado futuro. *Fica-te aí assim/.../.* (p.61).

Suspensão

Do ponto de vista que mais me importa considerar – o da *configuração temporal* que se desprende do romance – as tentativas, sempre repetidas, de *indução da narração* seguidas pela sua *suspensão* produzem um efeito de neutralização, de destruição do tempo cronológico. Os factos contados (quer em analepse quer em prolepse) não são situados no tempo, são antes empurrados para *fora do tempo.* A atmosfera de irrealidade é acentuada pelas hesitações, pelas sobreposições: num dos passos (pp.36-41) acima analisados, por exemplo, há duas viagens de carroça que são contadas ao mesmo tempo e indistintamente o que, como no caso de fotografias sobrepostas, produz imagens desfocadas, de contornos dúbios.

Na memória há momentos de *vibração* (p. 108), de *cintilação*(p. 65), de *fulgor*(p.103), de *vertigem:*

" Todo o espaço vibra,vertiginoso de memória."(p. 48);

" Na *vertigem* da memória, vejo-o."(p. 66)

e momentos de súbita *imobilização:*

"E nesse exacto instante tudo se *imobilizou.* Como um grupo de cera, *imóveis* ambos, tia Luísa com a mão atrás a tomar balanço, eu com o braço curvo diante da face./.../ Olho-os intensamente, estão intactos na eternidade/.../." (p. 148);

" E de súbito ficas *imóvel* assim, instantânea de luz." (p. 61);

" ...vejo tia Joana/.../ não se move. Tem a cabeça inclinada para o trabalho das mãos, a faca meia enterrada no molho das couves, *paralisada/.../*." (p. 250).

Importa notar que este processo de *paralisação* afecta quase exclusivamente as analepses — no que toca às prolepses há um único caso em que a cena narrada fica em suspenso (p.168). Afectando essencialmente a *evocação/invocação* do passado, o artifício da *paralisação* insere-se no conjunto de recursos que, nos romances de Vergílio Ferreira, servem a *reconstrução do passado,* um passado assumido na suas dimensões *irreais.* À indefinição de contornos, à reverberação, a todos os recursos tendentes à recriação do passado como

100

imerso num "halo de legenda", junta-se agora mais um poderoso meio de traduzir aquela atmosfera fantasmagórica que sempre afecta em maior ou menor grau as recriações imaginárias ("fantasma" começou, aliás, por significar "imagem"). Para Vergílio Ferreira, já o vimos no estudo anterior, o *passado* é imaginário, é um real irreal: que melhor maneira de o traduzir do que fazer pairar as imagens passadas, sustê-las no ar um momento, paralisadas, antes de se dissolverem no nada?

> "Era um dia de neve e de súbito/.../.Cristalizado o mundo, de que é que eu estou falando? instantâneo, transfigurado, um halo de legenda." (p.66);

> "É Verão também /.../ e um silêncio de fantasmas. Devemos estar a dizer coisas /.../nada ouço, vejo apenas a flutuação das formas de sombra./.../esfumam-se na vaguidão do ar, diluem-se na vertigem dos meus olhos. Vêm do fundo das eras, trazem o sinal da sua dissolução." (p.206)

O movimento pendular de *expansão* e *suspensão* da narração é gerador de (e gerado por) uma *força narrativa* poderosa, que consegue criar uma temporalidade específica do romance, um *ritmo*.

O aparecer e desaparecer das cenas evocadas, além de sublinhar a irrealidade do passado, tem também como efeito uma subalternização do tempo tripartido, do tempo referenciado (deíctico), que é substituído por uma agógica, uma alternância rítmica, uma temporalidade interna. A própria tentativa de localização das cenas passadas, o esforço de as situar pontuando as narrações com "*era/.../*[Inverno, Verão, à tarde,etc]" (ver atrás), acaba por funcionar também como factor coadjuvante da criação de uma atmosfera de irrealidade, quer pelas hesitações

"E *era* Verão. Espera – *era* Verão?"(p.39);

quer pelo uso repetido do Imperfeito, um tempo verbal que, acumulando as funções de marca do *passado* e da *ficção*, as pode ambiguamente cruzar; quer ainda pela própria repetição constante da fórmula, facto que a consagra como um dos muitos elementos recorrentes e, assim, a coloca menos ao serviço da localização num tempo externo e mais ao serviço do tempo interno ao romance, do *ritmo*.

Eternidade

São frequentes, ao longo do romance, e como já referi, as alusões a um *relógio* de parede e ao efeito auditivo do movimento do seu *pêndulo*. Parece-me ser esclarecedora a análise da forma como é tratado o *relógio*, na medida em que se trata de um símbolo do *tempo* – o mais banal dos símbolos do tempo.

A presença do relógio é sempre sentida como *cadência* sonora produzida pelo *movimento pendular:*

"*Ouço* o tempo no *relógio*, no seu *bater compassado*." (p. 199).

O *relógio*, para além de funcionar como mais um *elemento rítmico*, no romance – uma vez que, como anotei atrás, é referido de forma insistente, criando um efeito repetitivo intensificado pelo constante sublinhar do tipo de som (e de movimento) que produz – representa também, pelo próprio valor simbólico que assume, a síntese, a "chave" da relação entre *ritmo* e *tempo* ([10]) desenvolvida em *Para Sempre*.

As primeiras referências ao *relógio* da sala indicam-nos que está parado:

> "... o relógio de pêndulo, parado nas três e meia." (p.103);

> "Tenho de pôr o relógio a trabalhar, *ins taurar o tempo na casa.*" (p.112);

> "Na parede ao lado, o *relógio imóvel.* Deve ter parado pela noite quando *o tempo se suspende.*" (p.135).

Parado, o *relógio* simboliza a *suspensão* do tempo. Quando o põe a trabalhar, facto descrito com minúcia (p. 145-146), o narrador sente essencialmente que cria um movimento rítmico,uma *cadência:*

> "...o pêndulo impulsiono-o na sua *cadência perpétua*" (p.146);

> "Só eu e o relógio na *suspensão do mundo.* Instauro o escoamento do tempo no absoluto do meu *instante.*" (p.145).

([10]) É de sublinhar o facto de o funcionamento dos *relógios* – mecanismos inventados pelo homem para medir o tempo – se basear no *ritmo,* obtido por meios técnicos mais ou menos sofisticados.

Mesmo depois de posto a funcionar, o *relógio* nunca é referido como factor de localização temporal, nunca é usado na sua função normal de contar o tempo:

"O relógio da sala dá horas. Não as conto." (p. 202);

"Ouço o relógio, não o olho. /.../O relógio dá horas. Não as conto."(p. 221);

"O relógio deu horas. Não as conto, vivo na eternidade." (p. 249).

O tempo que o bater compassado do *relógio* instaura na casa é o "tempo" anterior (e posterior) ao tempo cronológico: o *ritmo,* o tempo eterno, não deíctico, vazio de presença humana:

"A cadência do relógio, ouço-a. Como as remadas de um barco." (p. 174);

"/.../enquanto ao lado, no relógio, a cadênciado remar para a eternidade, oh, *tenho a eternidade comigo, estou fora do tempo da vida»* (p. 175).

A *eternidade* – tempo vazio da presença humana ou saturado dela? A experiência fictiva da *eternidade* no *instante* é, em *Para Sempre,* uma vivência profundamente humana. A *situação-limite* em que Paulo – à semelhança do que é habitual com os protagonistas-narradores dos romances de Vergílio Ferreira – vive a sua experiência é uma *situação-limite* natural, a mais natural de todas: a *velhice.* Perante ela, parecem-nos subitamente *artificiais* as situações vividas pelos "heróis" de outros romances de Vergílio Ferreira: Jaime, de *Alegria Breve,* o último habitante de uma aldeia que todos abandonaram; Jorge, de *Nítido Nulo,* o condenado à morte que aguarda, por trás das grades de uma prisão junto ao mar, a hora da execução.

A "história" de Paulo não tem nada de invulgar. A sua situação não tem nada de extraordinário, para além do extraordinário da própria condição humana: poder pensar a *morte* estando *vivo,* poder conceber a *eternidade* sem sair do *instante.*

Contar uma história

"Instaurar o tempo na casa" (p. 112), *instaurar o tempo no romance.* Não o tempo cronológico, outro "tempo": o ritmo.

Ao percurso da *casa*([11]) – símbolo do *presente* – se cinge a diegese primária do romance. O seu desenvolvimento é ritmado pelo abrir e fechar de portas e janelas,pelo subir e descer de escadas. Mas há um outro percurso que se encaixa

---

([11]) Nos dois interessantes capítulos que G. Bachelard consagra à simbologia da *casa,* na sua obra *La Poétique de l'Espace,* Paris. P.U.F., 1957 (capítulos II e III), encontramos muitas observações que se coadunam com a importância simbólica que a *casa* assume em *Para Sempre;* escolho duas, como exemplo: "Une sorte d'attraction d'images concentre les images autour de *la maison.*"(p.23); "/.../nous sommes très surpris si nous rentrons dans la vieille maison, après des décades d'odyssée, que les gestes les plus fins, les gestes premiers soient soudain vivants, toujours parfaits. /.../La maison natale est plus qu'un corps de logis, elle est un corps de songes."(p.32-33).

neste: o percurso da *memória*. A *casa* tem, em *Para Sempre*, uma dimensão *cronotópica* ([12]) muito clara:

"Dou a volta à casa toda, dou a volta à vida toda." (p. 43).

As analepses e prolepses, com o seu movimento recorrente, entretecem-se no percurso espacial da *casa*, que é também feito de movimentos repetidos. A estrutura do romance unifica-se como percurso espácio-temporal:

"...há muita coisa atravancada na memória,*arrumá-la no espaço da minha movimentação*." (p. 112) .

O *presente* abre para o *passado* e para o *futuro* as suas várias "portas" e "janelas":

"Dou a volta à casa, vou de janela em janela."(p.181);

"Tenho tanto que dar uma volta à vida to da."(p.61).

Abre tambémpara o *intemporal*, para a *eternidade:* face à *casa*, obra perecível do homem, está a *montanha*([13]):

([12]) Aludo à noção de *cronótopo*, assim definida por M. Bakhtine na obra *Esthétique et théorie do roman*, Paris, Gallimard, 1978, p. 237: "Nous appellerons *chronotope* /.../ la corrélation essentielle des rapports spatio-temporels telle qu'elle a été assimilée par la littérature.".

([13]) Cf. alguns traços marcantes da simbologia da *montanha* tal como estão consignados no *Dictionnaire des Symboles* de J. Chevalier e A. Gheerbrant: "En tant qu'elle est haute, verticale, élevée, rapprochée du ciel, elle participe du symbolisme de la transcendance. /.../La montagne exprime aussi les notions de stabilité, d'immutabilité, parfois aussi de pureté."(J. Chevalier e A.Gheerbrant, *Dictionnaire des Symboles*, Paris, Seghers, 1973, entrada *Montagne*).

"Para o alto, a montanha. Plácida, imensa. Definitiva. Repousa nas origens do tempo." (p.108).

Da *varanda* da casa, espaço *suspenso,* Paulo olha a montanha:

"Olho a montanha /.../. Extática, majestosa, a cor escura da idade do cosmos." (p.159);
"Estou à varanda para o sem fim." (p.68).

O romance não se fecha no *presente:* a *casa* é uma metáfora do *presente* e igualmente uma metáfora da *memória,* da *presentificação* do passado. Ao abrir-se para o *passado* e para o *futuro,* que incorpora, o *presente* projecta-se na *eternidade.*

Ao "dar a volta à casa ", Paulo dá efectivamente "a volta à vida toda". O leitor de *Para Sempre* fica a conhecer essa vida, isto é, fica a saber a "história" de Paulo que, depois de lido o romance, será capaz de *contar* com poucas hesitações:

Paulo nasceu numa aldeia. Não chegou a conhecer o pai, que partiu para longe sem voltar a dar notícias. A sua orfandade – a mãe enlouqueceu e morreu ainda ele era criança – foi compensada pelo amor atento, terno e severo de duas tias (tia Luísa e tia Joana) que o criaram. Viveu uma infância cheia – à tristeza intrigada que lhe provocaram a loucura e a morte da mãe, seguiram-se as traquinices normais de qualquer criança, os desvelos e tabefes das tias, a magia da música quando aprendeu violino com o Padre da aldeia, as doenças infantis, enfim, "a aprendizagem de ser homem"(p.12). Fez o liceu na cidade mais próxima e frequentou depois a universidade. Aí fez a sua licenciatura em Letras (História e Filosofia) e conheceu Sandra, uma colega de Germânicas por quem se apaixonou. Um amor ardente, que lhe encherá a vida toda, mesmo a vida que vivera antes de a conhecer – "Sandra. /.../ atravessas-me a vida para o passado e o futuro" (p. 49) – e que per-manecerá intenso até à morte, apesar de se terem casado. Viveu feliz o seu casamento com Sandra, primeiro numa pequena cidade do Sul, depois na capital. Tiveram uma filha – Alexandra – que criaram com muito amor e algumas dificuldades. Instalados na capital – Sandra é professora de liceu, Paulo bibliotecário e depois director da Biblioteca Geral – vinham às vezes à aldeia natal de Paulo nas férias. A filha cresceu e cresceu também a sua incompreensão em relação aos pais, que sofreram muito com isso. Um dia saiu de casa, definitivamente e sem explicações, rompendo as relações com os pais: justamente no dia do seu 21º aniversário, a festa em casa preparada em sua honra – a mesa engalanada a que os pais acabaram por sentar-se sozinhos e inconsoláveis. Alguns anos depois outro choque para Paulo, ainda mais trágico: Sandra adoeceu. Uma doença sem esperança (um cancro), que a levou rapidamente à morte, depois de uma agonia a que Paulo assistiu desesperado e impotente. Sozinho na vida, continuou o seu trabalho na Biblioteca até ser reformado, com honras de homenagem pública. Como já nada o prendia à capital, resolveu voltar à aldeia para passar os seus últimos anos de vida na casa em que vivera na infância. Chegou numa tarde de Agosto, sufocante de calor. Percorreu demoradamente a casa, fechada há muito, e mandou chamar a Deolinda, uma empregada antiga. Passou na aldeia os últimos anos de sua velhice numa progressiva decadência física e intelectual. Tinha por única companhia um cão – o Matraca – e a Deolinda, a empregada que lhe acodia às principais necessidades. Morreu num dia de Inverno e o seu enterro foi acompanhado por algumas velhas da aldeia e pelos soluços da Deolinda, cumprindo o seu último dever de carpideira.

108

Perplexidades

Apesar de longo, este resumo da "história" contada em *Para Sempre* cinge-se apenas aos factos principais e peca por defeito: ficam em silêncio muitos outros factos, pequenos episódios, personagens secundárias, recriações de ambientes. Mas peca sobretudo porque falseia a natureza da obra, que não é um romance escrito para "contar uma história". Não é, em suma, um romance "inocente". Para o provar bastaria lembrar o que ficou dito atrás sobre as suspensões, sobreposições e segmentações da narração; ou referir o uso constante do processo de "mise en abyme":

> "Havemos de ter uma conversa a sério, mas só *daqui a quatro ou cinco capítulos.*" (p.255);

> " – Xana!
> – Diz.
> – Podes vir falar comigo ainda *neste capítulo?*" (p. 97).

Ou ainda apontar a anomalia de, num romance escrito na *primeira pessoa,* o narrador contar o seu próprio funeral (pp. 83-87), em que participa também como acompanhante:

> "O cortejo põe-se em movimento/.../. *Vou atrás, à frente vou eu* no caixote de pinho." (p.85).

Trata-se da radicalização de um processo característico das narrativas de tipo autobiográfico, que K. Hamburger descreve nos seguintes termos: "The autobiographer, genuine as well as feigned, objectifies his earlier phases. He sees the self of his youth as a different one from the present self which is narrating, and in turn as one different from the self of a later phase in his life." ([14]). Em *Para Sempre* esta dissociação de vários "eus" do narrador em diferentes épocas da sua vida é levada ao ponto de dialogarem frequentemente entre si([15]). Paulo, o narrador, conversa com Paulinho ainda criança, com o jovem Paulo dos tempos do Liceu e da Faculdade, com o Paulo adulto que acaba de saber que vai ser pai e também com o velho Paulo, desleixado, trôpego, decadente:

"– Devias ter juízo – digo-me para trás sem me olhar.
– Que é que me resta para a vida? – respondo-me." (p. 115).

Este ver-se como "outro" culmina com a participação no próprio funeral. Facto que compromete a coerência da "focalização" ou "ponto de vista narrativo" e funciona, assim, como sabotagem ([16]), como "mise en abyme": "/.../la mise en abyme

---

([14]) K. Hamburger, *ob. cit.*, p.323.

([15]) Óscar Lopes avalia este desdobramento do protagonista de *Para Sempre* como "/.../ a mais bem conseguida projecção de um *alter ego* intro-e-extrospectivo da ficção portuguesa, trata-se de uma espécie de *Doppelgänger*, em diálogo com o protagonista ao longo de todo o eixo do tempo, que põe em questão a relação topológica-de-exclusão entre a vida e a morte, entre a narração e a narrativa, entre o autor e a obra, entre a individualidade inefável e os seus duplos dialécticos, que são uma pessoa civil e uma *persona literária.*"(O. Lopes,"Parecer"sobre *Para Sempre* na acta do Júri do Prémio da Associação Portuguesa de Escritores, in *Loreto 13,* 1984; parcialmente reproduzido na "Introdução" a *Para Sempre,* edição do Círculo de Leitores, 1988, p.XXXIX).

([16]) Compromete a coerência do "ponto de vista" narrativo mas está em total coerência, a um nível mais profundo, com a *vivência fictiva da eternidade* que *Para Sempre* (re)produz: Paulo já se sente "fora do tempo da vida" (p.175), "póstumo" (p.267) a si próprio. Este estatuto, no entanto, não faz parte do "código" narrativo da obra, como acontece, por exemplo, em *Memórias Póstumas de Brás Cubas,* de Machado de Assis. Brás Cubas

est avant tout la révolte structurelle d'un fragment du récit contre l'ensemble qui le contient."([17]).

A intenção primordial de Vergílio Ferreira não é contar a "história" de Paulo. Nem tão-pouco caracterizá-lo como "personagem":

> "O romance/.../ pôs em causa a "personagem", negando-a simplesmente ou superando-lhe o individualismo para a dimensão do "homem"/.../." (*Espaço do Invisível I*, p. 271).

Os ingredientes fundamentais do género romanesco – a *diegese*, a *personagem*, a *temporalidade cronológica* – foram, como é sabido, abandonados pelo romancista moderno. O que o deixou numa situação difícil. Como Paulo, na imi-

---

começa o relato das suas *Memórias* contando, na primeira pessoa, o seu próprio óbito e funeral. O leitor não estranha o facto dado que numa nota inicial que lhe é dirigida (*"Ao Leitor"*), Brás Cubas já declarara, nesse tom jocoso-melancólico que se manterá em todo o romance, serem as suas *Memórias* "obra de finado", escusando-se, no entanto, a explicar como conseguira escrevê-las: "Evito contar o processo extraordinário que empreguei na composição destas *Memórias*, trabalhadas cá no outro mundo." (Machado de Assis, *Obras Completas*, I vol., Rio de Janeiro, Editora José Aguilar, 1962, p.511). *Memórias Póstumas de Brás Cubas* é também um *"Zeitroman"*, em que o autor procura recriar a experiência fictiva da *eternidade:* no seu célebre *"delírio"*, Brás Cubas sente-se conduzido à *origem do Tempo* e vê o desfilar dos séculos num turbilhão (há talvez reminiscências deste delírio no cap. IV de *Para Sempre*). Estar "fora da vida", ver-se como "outro", ser "póstumo" a si próprio, são traços comuns às experiências fictivas de Paulo e de Brás Cubas. Mas na situação de Paulo há uma ambiguidade intencional e trágica, potencializada pelas próprias incoerências da *"focalização"*: Paulo está fora da vida e do tempo, mas ainda dentro deles, preso ao seu *instante*. Sente-se *"póstumo* a tudo o que já foi"(p.267), mas ainda está *vivo*. E *sofre*.

([17]) J.Ricardou, *ob. cit.*, p.181.

nência de uma morte sabida e não aceite, o romancista que sabe e não aceita a "morte" do romance tem que "inventar" o futuro para ainda haver futuro quando já não o há. Sim, a "história dentro da história", mais uma vez. Mas *Para Sempre* não se esgota aí. Sendo a *história de uma escrita* — não só da sua própria escrita, mas da escrita de toda a obra romanesca de Vergílio Ferreira — é também, sem qualquer dúvida, a *escrita de uma história*. Desse duplo estatuto decorre,em grande parte, a convergência que se verifica, na aceitação deste romance, entre as reacções da crítica mais exigente e as do leitor anónimo.

Invenção

Assumindo em pleno a condição do "romance em crise", *Para Sempre* documenta o momento de equilíbrio criativo em que uma crise se supera pelos seus próprios meios. Para o avaliar, atentemos nesta breve caracterização em que V. Aguiar e Silva sintetiza vários aspectos da actual "crise" do romance: "O romance afasta-se cada vez mais do tradicional modelo balzaquiano, transforma-se num enigma que não raro cansa o leitor /.../. A narrativa romanesca dissolve-se numa espécie de reflexão filosófica e metafísica, os contornos das coisas e dos seres adquirem dimensões irreais, as significações ocultas de carácter alegórico ou esotérico impõe-se muitas vezes como valores dominantes do romance. O propósito primário e tradicional da literatura romanesca — contar uma história — oblitera-se e defigura-se." ([18]).

_____

([18]) V. M. Aguiar e Silva, *Teoria da Literatura,* Coimbra, Almedina (4ª ed.), 1982, p.705.

Reconhecem-se aqui, sem dificuldade, traços marcantes de *Para Sempre:* reflexão filosófica e metafísica, dissolução e transfiguração das coisas e dos seres que adquirem dimensões irreais, significações de carácter alegórico... *Para Sempre* é, pois, sem qualquer dúvida, um romance que mergulha em pleno na condição do "romance em crise". Mergulha nela até ao âmago para *inventar* a forma de a vencer: o que consegue. Porque, depois de "obliterado e desfigurado", "o propósito primário da literatura romanesca — contar uma história" ressurge transfigurado, em *Para Sempre.* Reprimido por todas as formas, o irreprimível "desejo de contar" tem que *inventar* novos meios de se realizar: a "história" emerge, o leitor assimila-a sem esforço, interioriza-a. Interioriza-a como uma *história de amor,* mas igualmente como *história da condição humana.*

Que emerge também como a *condição* vivida pelo romancista actual, consciente da *morte* do romance mas impossibilitado de a consumar, justamente porque *está a escrever um romance.* Uma vivência igual à de Paulo, que *sabe* a sua morte mas ao mesmo tempo não pode sabê-la, porque reflectir sobre a morte é *estar vivo.* Que *sabe* a ilusão do *tempo,* mas só pode testemunhá-la de dentro desse *tempo,* que cria. Que *sabe* a ilusão da *Palavra,* mas só pode manifestá-la *falando:*

"Vou inventar a *palavra!* Vou criá-la articulada na minha boca, na dureza dos meus ossos — ó ficção da minha grandeza /.../" (p. 297);

"Invento a realidade nas palavras que a inventam." (p.69).

Antes de, depois de, durante, uma profunda reflexão linguistico-filosófica e inseparavelmente dela, Vergílio Ferreira procura e consegue, em *Para Sempre,* mais alguma coisa: *contar uma história.* Recriar a vida e o tempo na e pela linguagem. *Contar uma história: com a* destruição dos quadros clássicos do romance e não *apesar dela; com a* desfiguração da narração, com as simbologias alegóricas e não *apesar delas; com a* "má consciência" e a revolta da "mise en abyme" e não *apesar delas.*

Em *Para Sempre,* Vergílio Ferreira consegue, afinal, contar uma história *repetindo obsessivamente o gesto, sempre interrompido, de tentar contá-la.* Da narração impossível nasce de novo a possibilidade de narrar. O romance *sobrevive,* expandido-se na sua *essencialidade rítmica.*

Da *cadência* nasce uma *fluência,* um modo específico de desenvolvimento temporal, o *fluir* aparentemente natural de uma "história" que vai tomando *forma.* Desenha-se, em sentido inverso, o percurso da evolução semântica de *"ritmo",* que Benveniste expõe num artigo sobre a etimologia desta palavra ([19]). Segundo a análise deste linguista, o étimo grego de 'ritmo' significava inicialmente "forme distinctive, figure proporcionnée, disposition"(p. 330), depois "la forme /.../ assumée par ce qui est mouvant, mobile, fluide /.../ 'manière particulière de fluer'"(p.333) e por fim "configuration des mouvements ordonnés dans la durée." (p. 335).

Perante a evidência *rítmica* com que se nos impõe *Para Sempre* e tendo em conta o percurso de pesquisa sobre a essencialidade do romance ([20]), poderíamos concluir, sobre o

---

([19]) E. Benveniste, "La notion de 'rythme' dans son expression linguistique" in *Problèmes de Linguistique Générale I,* Paris. Gallimard, 1966, pp. 327-335.

([20]) Ver, em *Deixis, Tempo e Narração,* o capítulo "Romance e configuração temporal".

ritmo narrativo, algo como o que Benveniste conclui no seu estudo sobre a etimologia de *'ritmo':* " Rien n'a été moins "naturel" que cette élaboration lente, par l'effort des penseurs, d'une notion qui nous semble si nécessairement inhérente aux formes articulées du mouvement que nous avons peine à croire qu'on n'en ait pas pris conscience dès l'origine."(p. 335).

Não é por acaso que "embalar" e "contar uma história" são isofuncionais como meio de adormecer as crianças... Foi há muito ultrapassada a "inocência" (infantil ou outra) pelos romancistas modernos e pelos modernos leitores de romances. E, no entanto, parece-me inegável que ao amálgama de reflexões filosóficas e de emoções adultas que *Para Sempre* provoca no leitor se misturam, insidiosamente, a reminiscência do ritmo embalador da primeira "história" ouvida na infância e o encanto do mais triste romance de amor lido na adolescência. No fluxo e refluxo do seu "desejo de contar" sempre refreado pela "má consciência" crítica, Vergílio Ferreira consegue – sofrido, sofreado, perplexo, mas, ele também, encantado – contar-nos (ainda) uma história : a de *Paulo,* a *sua,* a *nossa,* leitores sem inocência e saudosos dela, leitores definitivamente "hipócritas".

Entre dois silêncios

Em *Para Sempre* convergem todas as constantes da obra de Vergílio Ferreira, todas as *obsessões* e *repetições* que a caracterizam ([21]). Mas é uma *convergência produtiva de algo*

([21]) E. Prado Coelho diz que "/.../ a força de *Para Sempre* vem de *repetir com a evidência da primeira vez.*" (E. P.Coelho, "A propósito de

novo: a *repetição,* geradora de *ritmo,* é assumida como um *processo criativo,* um processo metafórico desdobrável a vários níveis como expressão da essencialidade do *viver.* Essencialidade do *romance,* também.

Trata-se de um processo consciente, como evidencia o facto de a *repetição* ser assumida explicitamente pelo narrador de *Para Sempre:*

> "/.../é uma tarde de Agosto, parada de calor, *como já disse e não há mal em repetir.*"(p.98).

Observação que vai ser, ela mesma, *repetida* mais adiante:

> "/.../ tenho de ir primeiro fechar as janelas lá de cima, *já o disse, mas não há mal em repetir.*"(p.207).

É que a *repetição* (e o *ritmo*) imanente ao tempo, imanente à vida, é também a génese da projecção de uma possível *transcendência* em relação à vida e ao tempo:

---

prémios"in *Jornal das Letras,*3/4/1984, p.4). Está certo. Mas não chega. Na forma como a *repetição* surge em *Para Sempre,* à "*evidência* da primeira vez" liga-se a *consciência* das muitas vezes, a maturidade criativa que encontra no próprio repetir um meio de *renovação.* Ser *diferente* sendo *igual* mais uma vez, numa resposta possível à seguinte "chamada de atenção" que Óscar Lopes faz a Vergílio Ferreira numa crítica a *Cântico Final:* "Em arte, para se ser concretamente o mesmo, tem de se ser bastante diferente de cada vez."(O. Lopes, *Os Sinais e os sentidos,* Lisboa, Caminho,1985, p.75). Mas se *Para Sempre* contraria de forma eloquente este princípio, também ilustra bem, por outro lado, o que Óscar Lopes afirmara linhas antes, no mesmo texto (p.75): "Para sair da repetição tautológica é preciso que cada eu-personagem de romance seja uma história, um curso irreversível de momentos que podem não estar dispostos por ordem cronológica /.../ mas têm de ser, pelo menos, momentos de um ritmo narrativo com um tempo específico.".

"Porque o que se repete cria o sem fim e a eternidade." (p.250).

Esta afirmação, de evidente cariz auto-explicativo, parece lançada um pouco ao acaso, a meio de uma das páginas do romance, mas poderia ser a sua *epígrafe* ou a sua *conclusão*. A experiência fictiva do tempo que *Para Sempre* nos faz viver é a de escutar e interiorizar um *ritmo obsessivo,* uma repetição incessante, como vimos, de processos narrativos, de construções sintácticas, de palavras, de sons, de acontecimentos. Repetição geradora de um movimento quase hipnótico (o *ritmo* é, aliás, uma das formas de indução da hipnose...), que leva à situação irreal de parar o tempo, de ver o tempo de fora do tempo, a vida de fora da vida. *Imóveis.* Uma *imobilização* produzida pelo *movimento,* numa ilusão do mesmo tipo da que se produz quando, fazendo girar com velocidade um disco com as cores do espectro solar, só vemos o branco, *uma cor que lá não está.* O *tempo* como vivência é, para o homem, uma ilusão semelhante a essa "ilusão de óptica": é o que fica como impressão *vivida, real,* de um conjunto de experiências *de que o tempo não faz parte.*

"*Ficção vivida*", o *presente* projecta-se para a "experiência fictiva" da *eternidade,* em *Para Sempre.*

Na *situação-limite* de (quase) póstumo a si próprio

"Cheguei. Vou ser *póstumo* a tudo o que já fui." (p.267),

Paulo, que já se vê fora da *vida* e do *tempo,* embora ainda dentro deles, sente-se transportado ao alto da *montanha,* de onde da vida se vê a vida. A casa — símbolo do *presente* — face à montanha — símbolo da *eternidade.* À varanda da casa, ainda no *presente* mas já *suspenso*, está Paulo, o homem prestes a cumprir o seu destino de ser *mortal*, mas só ele capaz de criar, pela linguagem, o *instante* e a *eternidade*.

"La question la plus grave qui puisse poser *ce livre* est de savoir jusqu'à quel point *une réflexion philosophique sur la narrativité et le temps peut aider à penser ensemble l'éternité et la mort.*"[22]

Não, "este livro" a que se refere Paul Ricoeur não é *Para Sempre*, de Vergílio Ferreira, que, suponho, nunca leu. Paul Ricoeur fala do seu próprio livro, *Temps et Récit*. É à sua própria reflexão filosófica sobre o tempo e a narração que alude. A reflexão filosófica que Vergílio Ferreira condensa em *Para Sempre* é em tudo idêntica, mas consegue ir *mais além*, ao configurar-se numa ficção romanesca. Porque enquanto reflexão filosófica é um *projecto* e enquanto romance é uma *realização desse projecto*.

Realização de um projecto que está subjacente à totalidade da obra de Vergílio Ferreira. *Para Sempre* culmina todo um percurso teórico e poético, todo um percurso romanesco. Culmina-o e configura-o: só assim se explica que Eduardo Lourenço, ao sintetizar esse percurso numa avaliação geral da obra de Vergílio Ferreira, tenha traçado, *alguns anos antes* da publicação de *Para Sempre*, o que pode ser considerado uma bela síntese ("avant la lettre") deste romance :

"Entre dois silêncios, o silêncio iluminado da infância e o silêncio resignado e ainda expectante do fim, se

---

[22] P.Ricoeur, *Temps et Récit*, I, Paris, Seuil, 1983, p.129 (sublinhado por mim).

inscreve a mais interrogante aventura romanesca nossa contemporânea."([23]).

Entre dois silêncios, a procura da *Palavra*. A aventura de escrever romances. Ou a aventura de existir.

Eco

Depois de ter destruído, pedra por pedra, o *monumento ao Tempo* que era o romance do sec. XIX, o romancista moderno escavou ainda o próprio alicerce dessa construção – *a linguagem*.

Nesses labirintos subterrâneos da memória dos séculos – *a linguagem* – se move Vergílio Ferreira em *Para Sempre*. E neles faz soar com rara beleza o *eco* ritmado e fundamental da narração, criadora do *tempo*.

Eco que consegue ouvir – e fazer ouvir – por trás do ruído ensurdecedor do "falatar moderno" e do ruído abafado e persistente de tudo o que foi dito (escrito) ao longo dos séculos – "/.../os biliões de palavras enlatadas nos livros"(p. 192). Por sob todo esse ruído, a procura da Palavra essencial, da Palavra *intemporal:* "/.../a intemporalidade é em nós uma voz obsessiva e que deve ter por isso uma razão de ser." (*Arte Tempo*, p. 37).

Eco que fica em nós, leitores de *Para Sempre,* como um *ritmo* profundo, uma memória de *eternidade.* O *passado,* "transfigurado em legenda" (*Para Sempre*, p.36) imobiliza-se em *eternidade* no "instante perfeito da totalidade presente"(*Aparição*, p. 268). Esse *presente* " que não é nunca"(*Aparição*, p.144). Que não é nunca ou que é sempre. *Para sempre.*

([23]) Eduardo Lourenço, "Mito e obsessão na obra de Vergílio Ferreira" in HélderGodinho, org., *ob. cit.*, pp.387-388.

4. *Conta-Corrente:* a história de uma aventura romanesca ([1])

> *"Eu não escrevo 'histórias'. Acho infantil, atrasado, o romance que conta uma 'história'. Insuportável."*
>
> (VERGÍLIO FERREIRA, *Conta-Corrente*)

> *"Face au roman, tous les genres commencent à résonner autrement. /.../Le roman est un genre qui eternellement se cherche,s'analyse, reconsidère toutes ses formes acquises."*
>
> (M. BAKHTINE, *Esthétique et Théorie du Roman*)

A vasta obra de Vergílio Ferreira testemunha, como já anteriormente tentei mostrar, uma vivência profunda dos problemas ligados ao que se vem chamando a "crise" do romance europeu. Uma "crise" por vezes interpretada como prenúncio inequívoco da "morte" do romance mas que talvez seja antes o índice da *vitalidade* de um género que se distin-

---

([1]) Este capítulo reproduz, com pequenas alterações, um artigo, com o mesmo título, publicado em *Anthropos. Revista de documentación científica de la cultura*, vol.101 (número monográfico dedicado a Vergílio Ferreira), Barcelona, 1989.

gue dos outros precisamente pela sua plasticidade e capacidade de metamorfose.

É bem conhecida a forma como, na literatura moderna, a *subversão* de uma concepção tradicional do romance se radicalizou até à situação-limite em que foi deliberadamente procurada a *destruição* do que constituía o fundamento da caracterização do romance: a "intriga", a narração de uma "história". Recusando a ossatura diegética como seu traço definidor, o romance institui-se em tema de si próprio, constrói-se na procura de uma auto-definição. Esta aventura autofágica, protagonizada pelo "novo romance" francês, fez sobressair a condição do romance como procura da sua própria essencialidade, como pesquisa teórica de índole filosófica e linguística.

A atitude de *pesquisa* representa um traço marcante na obra de Vergílio Ferreira. Não se trata, no entanto, de mero reflexo de uma "lição" aprendida com o novo romance. Como já deixei claro ao propor uma interpretação global da obra vergiliana como indagação teórica sobre a *linguagem,* essa pesquisa não se separa nunca, em Vergílio Ferreira, de uma interrogação fundamental sobre o homem e a sua condição existencial.

Juntando numa só questionação as preocupações fundamentais do romance existencialista e do "novo romance", a obra de Vergílio Ferreira revela-nos como um *romancista* pode interrogar-se sobre o destino do romance e senti-lo/ /pensá-lo em paralelo com o destino do Homem. Esta experiência chega-nos por várias formas, na extensa obra de Vergílio Ferreira, como já anteriormente referi: *vivida* nos seus romances e ensaios poéticos; *analisada* e *estudada* nos seus ensaios críticos; *narrada* no seu diário, *Conta-Corrente.*

A necessidade de *contar* tal experiência é determinante, a meu ver, como razão de ser de *Conta-Corrente* que se evidencia, assim, como uma obra *englobante* em relação à totalidade da produção de Vergílio Ferreira.

Neste contexto se insere a abordagem que me proponho fazer de *Conta-Corrente,* o diário que Vergílio Ferreira vem escrevendo desde 1969 e de que foram publicados, a partir de 1980, cinco extensos volumes (²).

Tem sido atribuído a *Conta-Corrente,* de um modo geral, um lugar *marginal* relativamente à restante produção do autor. Uma leitura superficial da obra poderá justificar essa avaliação: trata-se de um sugestivo percorrer do quotidiano de um escritor na banalidade dos seus "faits-divers", ponteado de humor fino, apimentado aqui e ali pela sátira contundente (há nesta "conta-corrente" muitos "acertos de contas"...). Obra de leitura fácil. O leitor adere a esta facilidade e a crítica assume, com algumas excepções, uma atitude de indiferença mais ou menos indulgente perante esta "fraqueza" de um grande escritor.

Fraqueza, futilidade, "achaque" de velho, vício inelutável – é assim que o próprio Vergílio Ferreira (em atitude de defesa) se refere a esta sua obra. Desde as epígrafes do primeiro volume:

"Todo o velho é uma confissão." (Malraux) e

"Dizer a verdade é o sonho de todo o escritor ao entrar na velhice." (Sartre)

(²) *Conta-Corrente 1,* Lisboa, Bertrand, 1980; *Conta-Corrente 2,* Lisboa, Bertrand, 1981; *Conta-Corrente 3,* Lisboa, Bertrand, 1983; *Conta-Corrente 4,* Lisboa, Bertrand, 1986; *Conta-Corrente 5,* Lisboa, Bertrand, 1987. Depois de uma relativamente longa interrupção da publicação do *diário* (que, no entanto, continuou a *escrever),* Vergílio Ferreira decidiu recentemente publicar mais dois volumes com a designação de *Conta-Corrente – Segunda Série* (no prelo).

até ao final do quinto volume:

"Estou a chegar ao fim desta futilidade diarística."
(*Conta-Corrente 5*, p.538),

Vergílio Ferreira manifesta constantemente, ao longo da obra, a necessidade de se justificar, de se desculpar por ter sucumbido à "fraqueza" de escrever um diário. Assentará, então, o inegável êxito desta obra na sua "fraqueza"? Será tão bem aceite pelo público apenas porque satisfaz a superficialidade, a curiosidade, o gosto pela maledicência? *De modo nenhum.* Porque não é só o leitor pouco exigente – ou o leitor exigente em momentos de pouca exigência – que gosta de ler *Conta-Corrente.* Trata-se de uma obra fascinante que exerce no leitor uma *sedução* complexa, difícil de explicar (e, para alguns, difícil de *confessar*). *Sedução* que afectou o próprio autor que foi sendo progressivamente envolvido por essa *"escrita excessiva"* (*Conta-Corrente 5*, p.533). Sente-se perplexo, no momento do *saldo final,* quando surge à evidência um *excedente* intrigante:

"Estou com pressa que chegue o fim do mês. Retirar-me-ei deste escrito para ir existir para outro lado. *Mas não deixa de intrigar-me porque é que existi tanto aqui."*(3) (*Conta-Corrente 5*, p.559).

Existência fácil numa escrita fácil, corrente? É um equívoco pensar que a sedução vem daí. Não se pode ficar na constatação de que uma escrita é *fácil,* é preciso entender o

---

(3) Os sublinhados, neste como em todos os textos de Vergílio Ferreira que transcrevo, são da minha responsabilidade.

projecto que (como toda a escrita digna desse nome) ela procura construir. Projecto que integra a *facilidade* mas que não é, *ipso facto,* um *projecto fácil.* Que integra a *banalidade,* mas não é um *projecto banal:*

> "/.../esforçar-me um pouco por descobrir no quotidiano o que se lhe intervala ao banal e é banal já sem o ser." (*Conta-Corrente 5,* p.9);

> "Não me desagradou ser de vez em quando banal /.../ porque a banalidade tem possibilidades de o não ser" (*Conta-Corrente 5,* p.533).

Não chega, para caracterizar o projecto que a escrita de *Conta-Corrente* constrói, referir que a banalidade do quotidiano é trespassada por uma inteligência penetrante e por uma sensibilidade aguda. Há, em *Conta-Corrente,* muito mais do que uma simples (?) *(re)invenção poética do quotidiano.* Um "muito mais" que não se esgota ainda se acrescentarmos o que esta obra representa como *avaliação crítica* da actualidade portuguesa e, em geral, da cultura da nossa época. Uma avaliação crítica lúcida e desassombrada mas sempre profundamente *sentida,* sob a aparente displicência inerente à sábia utilização do *humor.* Nomeadamente quando se trata de se avaliar a si próprio e à sua obra, Vergílio Ferreira assume frequentemente esse humor displicente para esconder, sem conseguir, a sua preocupação de comentar, explicar e *justificar* a sua obra romanesca e ensaística. É uma intenção bem visível, que terá possivelmente pesado na decisão tomada por Vergílio Ferreira de publicar o diário.

Mas *Conta-Corrente* foi-se progressivamente libertando dessa condição "marginal" (no sentido de "notas à margem" de uma vida e de uma obra) que o próprio autor terá pensado atribuir-lhe. Essa escrita "lateral" transforma-se num *centro aglutinador* de todas as constantes da obra de Vergílio Ferreira. Não por um processo de síntese explicativa mas antes de *síntese produtiva.*

O diário representou, para Vergílio Ferreira, a obtenção de um novo *espaço* para uma escrita que não cabia nos limites impostos pelos vários géneros que já experimentara e em que quase sempre reprimira duas fortes tendências naturais: a *intensidade lírica* e o *vigor narrativo.*

Estas duas forças dominam na obra de Vergílio Ferreira, como é bem sabido. Mas dominam na medida em que *são dominadas, reprimidas.* Uma forte auto-censura condena a expansão lírica e o confessionalismo em nome do *pudor:*

> "O que é do meu particularismo nunca me interessou. É justamente por isso /.../ que nunca tive grande atracção pessoal pela poesia lírica subjectiva, como jamais fui capaz de escrever um *diário*" ([4]),

e reprime *o prazer de contar histórias* como impróprio num romancista moderno:

> "Contar histórias é para as avozinhas" (*Conta-Corrente 2,* p.156).

Impedidas de uma manifestação espontânea, estas duas tendências exteriorizam a sua força em *reiterações obsessivas* de vária ordem que conferem à escrita de Vergílio Ferreira o tom característico de *contenção,* de *intensidade reprimida.*

([4]) Entrevista recolhida por Maria da Glória Padrão em *Um escritor apresenta-se,* p.214.

Lirismo *enxuto,* na adjectivação tão expressiva ([5]) que é frequentemente usada em relação à escrita vergiliana.

Ao afirmar a sua repulsa pelo confessionalismo, Vergílio Ferreira irmana numa mesma avaliação, como vimos, cultivar o lirismo subjectivo e escrever um *diário* como manifestações de uma falta de pudor que lhe não agrada. Acabou, no entanto, por escrever ("cometer", como diria) um *diário* e falar de si próprio ao longo de cinco espessos volumes. Súbito despudor de velho, como gosta de dizer, em jeito de justificação? É evidente que não. Necessidade irreprimível de expansão das duas forças já referidas: a intensidade lírica e o gosto de contar? Em parte, mas não só. Sob a aparência deste impulso incontido há o prosseguir *consciente* na aventura de uma escrita —

"O périplo de uma vida à procura da palavra" (*Conta-Corrente 3,* p.13) — ,

o continuar dessa pesquisa numa direcção que já tentara em *Invocação ao Meu Corpo,* uma obra tão injustamente ignorada.

Parece-me indiscutível o parentesco entre *Invocação ao Meu Corpo* e *Conta-Corrente.* Tal como *Conta-Corrente, Invocação ao Meu Corpo* não é uma obra fácil de "catalogar". Como ilustração da afirmação de M.Bakhtine que citei em

---

([5]) É uma adjectivação muito feliz porque tira partido da oposição semântica entre *"enxuto"* e *"seco",* que é apenas de ordem aspectual: *"seco"* é um estado, *"enxuto"* é o resultado de um processo que implica obrigatoriamente o ponto de partida *"molhado".* No conteúdo semântico de *"enxuto"* estão presentes, portanto, não só os dois estados opostos (*"molhado"* e *"seco"*) mas sobretudo o percurso dinâmico (neste caso o *esforço*) que leva de um ao outro.

epígrafe – "Face au roman tous les genres commencent à résonner autrement" – o "ensaio" é, neste caso, o género que um romancista faz *ressoar de outra forma*([6]), procurando encontrar a *escrita* que poderá suceder ao romance. Nessa mesma procura se insere *Conta-Corrente:*

> "O romance é um género em vias de extinção. /.../ Mas que outro género literário poderá suceder ao romance? Não sei. Talvez um certo tipo de ensaio ..." (*Conta-Corrente 5*, p.393).

Ou um certo tipo de *diário,* acrescento eu.

Em *Invocação ao Meu Corpo,* como em *Conta-Corrente,* a procura de compreender o homem e as suas criações, que o *excedem* – a *arte* e a *palavra* – é o que move a escrita de Vergílio Ferreira. Mas tal procura move essa escrita a instituir-se, ao mesmo tempo, num outro projecto, subjacente: a procura de uma escrita que possa aderir espontâneamente ao próprio gesto de escrever, numa espécie de redescoberta do prazer da escrita:

> "Escrita desabalada, e além desta, do *diário,* só a de *Invocação ao Meu Corpo,* que foi de torneira aberta." (*Conta-Corrente 5*, p.254);

> "Que bom poder escrever e ser feliz na escrita" (*ibidem,* p.460).

O projecto em que a escrita de *Conta-Corrente* se vai revelando a si própria é o da pesquisa sobre a literatura

---

([6]) Ver, neste mesmo volume, o estudo **6.**, sobre *Invocação ao Meu Corpo.*

(ainda) possível, a escrita (ainda) possível: pesquisa, afinal, da relação entre *escrever* e *viver*. Questão muito actual que representa o reformular, na literatura de hoje, do eterno problema da relação entre a *arte* e o *real*. Questão que, nesta obra de Vergílio Ferreira, é investida numa força nova. Porque não se trata de uma questionação abstracta, mas de uma questionação *vivida*. É a dimensão pessoal, íntima *(lírica)* desse relacionamento *num homem*, num grande artista, Vergílio Ferreira. Como convivem (co-existem) a arte e a vida, a ficção e o real, o grande e o mesquinho, o profundo e o banal... *a arte e o corpo que ela habita?* Vergílio Ferreira procura responder a esta pergunta fundamental esmiuçando exaustivamente o seu próprio *viver* (e *escrever*). Questiona a existência no próprio acto de existir, questiona a arte no acto mesmo de a criar. Procura, nos mínimos pormenores do seu dia a dia, o intervalo invisível por onde passam a arte e a essência da vida. E crê encontrá-las no instantâneo reverberar fulgurante que por vezes consegue captar nas coisas mais *banais*. Perpassam constantemente istantâneos destes em *Conta-Corrente* e há um esforço sensível de encontrar uma escrita que possa fixá-los sem os imobilizar.

Sob a capa do humor displicente (é essa a feição que toma o *pudor,* em *Conta-Corrente*) sente-se a força de uma intensidade lírica incontida na forma como Vergílio Ferreira perscruta obsessivamente em si próprio o mistério da vida e da arte. Uma *"invocação ao meu corpo"* que se desdobra numa *invocação à minha arte,* ou melhor, *à arte que vive no meu corpo.* Invocação explícita:

> "Minha arte, minha única companhia, minha intimidade secreta, clandestina, minha óptica do mundo, meu prazer difícil, minha contemporaneidade dos

séculos, minha verdade do ser, minha loucura mansa, meu poder, meu estigma, minha condenação." (*Conta--Corrente 5*, p.363).

Lirismo "enxuto"? Lirismo de *água corrente:* uma corrente que é sabiamente dominada, mas que não se deixa acabar de "enxugar"...

Com idêntica intensidade se expande, em *Conta-Corrente, o_vigor narrativo, o gosto de contar* que Vergílio Ferreira reprime nos romances. O acto de "contar" ("contar uma história", "contar um episódio"), anacrónico no romance moderno —

> "Que hei-de fazer? Nasci num tempo em que já não se acredita em narrativas anedócticas, em entrechos discursivos, em leitura de livros para se saber o que acontece." (*Conta-Corrente 5*, p.254) —

é, neste diário, instituido em processo gerador da escrita. E da leitura: o leitor de *Conta-Corrente,* para além de todos os outros factores de interesse, sente-se inegavelmente preso a um desejo de saber "o que acontece". Desejo que o autor não só sabe suscitar como também sabe satisfazer, e de bom grado, explorando a sequencialidade narrativa no seu quadro cronológico, integrando (implícita ou explicitamente) os episódios narrados num contexto histórico preciso, valorizando a circunstancialidade, a descrição de ambientes... enfim, lançando mão de tudo o que pertence à vasta família, proscrita do romance, daquela marquesa que saía às cinco horas.

A conclusão parece ser óbvia: não podendo (não querendo) contar histórias inventadas, nos romances, Vergílio Ferreira resigna-se a contar histórias verdadeiras. Por outras palavras: o *ficcionista* desaparece, fica só o *narrador*. É uma conclusão apressada e totalmente falsa.

O conceito de *ficção* é analisado por P.Ricoeur em relação com a noção de "configuração", isto é, a elaboração textual que permite extrair de um conjunto variado de acontecimentos representativos do agir humano uma unidade representativa capaz de criar um "mundo" – "le monde projeté hors de lui-même par le texte"([7]). Não tenho qualquer dúvida em afirmar que o texto de *Conta-Corrente* projecta um "mundo" para fora de si mesmo: é o mundo da *criação romanesca,* o mundo da *aventura da escrita.* Há uma "história" que nos é contada – a "história" de um romancista, ou melhor, a *história de uma aventura romanesca.*

Trata-se, pois, de uma obra que se liga fundamente, e fundamentalmente, à *ficção.* Não apenas naquele sentido mais banal (e que a genial quadra de Pessoa transformou mesmo em lugar comum) de que num *diário* (como em qualquer obra autobiográfica) o autor tem de inventar o que aconteceu realmente para que isso tenha realmente acontecido. *Conta-Corrente* liga-se à *ficção* também (e sobretudo) por ser uma obra em que é problematizada a escrita romanesca, em que é questionada a viabilidade de criar *ficção,* numa palavra: em que é *contada* a aventura de "escrever romances".

O leitor de *Conta-Corrente* acompanha a par e passo a escrita de vários romances de Vergílio Ferreira: são-lhe reveladas as hesitações, as alterações, as dúvidas, os momentos altos e baixos desse processo de criação. Esta atitude de Vergílio Ferreira de franquear ao público as portas da sua oficina de trabalho não pode confundir-se com o exibicio-

---

([7]) P.Ricoeur, *Temps et Récit II, La configuration dans le récit de fiction,* Paris, Seuil, 1984, pp.14-15.

nismo arrogante do ilusionista que mostra: "Nada na mão, nada na manga". Há uma diferença fundamental: o ilusionista sabe que tem um "truque" escondido que o público não conhece; Vergílio Ferreira, como (bom) romancista actual sabe, desde há muito, que não há mais "truques" possíveis, que a "inocência" foi irremediávelmente perdida. Decidir contar como escreve romances é, nestas circunstâncias, não um acto de exibicionismo mas um acto de *desespero:* se não pode já contar nada, pode ao menos contar como e porque não pode contar.

A própria metamorfose do romance ao deixar de ser a *"escrita de uma aventura"* para se tornar a *"aventura de uma escrita"*([8]) institui uma (última) *aventura* à espera de ser contada, isto é, abre a possibiidade da *escrita da aventura de uma escrita.*

No quinto volume de *Conta-Corrente* (correspondente ao diário de 1984 e 1985) esta tensão dramática, latente em toda a obra, revela-se e impõe-se com uma clareza total. Desde as primeiras linhas do livro é enunciado, com aparente despren-dimento, o problema crucial:

> "Sei lá se um romance é ainda coisa que se escre-va!" (p. 9).

Esse problema vai ser desenvolvido de forma narrativa: *Conta-Corrente 5* conta-nos a "história" de um romancista, no

---

([8]) Reporto-me à célebre formulação de Jean Ricardou:"Ainsi un roman est-il pour nous moins *l'écriture d'une aventure que l'aventure d'une écriture."* in *Problèmes du Nouveau Roman,* Paris, Seuil, 1967, p.111. Formulação de que surge como variante, na mesma obra (p. 166): "...le roman cesse d'être l'écriture d'une histoire pour devenir l'histoire d'une écriture."

fim da vida. Tem quase setenta anos, sente o peso de tudo quanto viveu, aprendeu e escreveu, mas não pode viver sem escrever:

> "Quero escrever! Preciso de escrever! Do fundo do meu desânimo, da quebra do meu cansaço /.../ um grito levanta-se-me ainda e não o posso dominar." (p. 175).

Quer sobretudo escrever ainda mais um romance, apesar de já ter escrito muitos e de saber como se lhe foi tornando cada vez mais problemática a escrita romanesca. Um dia, sem contar, surgiu-lhe a ideia para um novo romance. Estava mais exausto e desanimado do que nunca: sofrera momentos de terrível angústia na iminência da morte do seu filho adoptivo muito querido – Lúcio – que passara dias e dias entre a vida e a morte e continuava em estado grave. E apesar (?) disso, o romance estava aí:

> "E imprevistamente, a congeminação de um novo romance. Figurei-o já como a vigília do narrador com o cadáver do filho" (pp.72-73).

O velho romancista aceitou alvoroçado o romance:

> "Um novo romance. Recomeçar. Tornar a vida viável pela única forma de ela o ser." (p.125)

e começou a abrir-lhe caminho para a vida, linha a linha:

> "Escrevi ontem umas linhas do romance." (p.254),

enternecido a vê-lo crescer:

> "O romance que escrevo está já um bébé e faz tem-tem." (p.517).

Mas como é difícil escrever um romance: tantas hesitações, tantas decisões a tomar...Não se poupou a esforços, fez tudo o que era preciso com entusiasmo, como se fosse um jovem a escrever o seu primeiro romance: para procurar "material" levanta-se um dia às cinco da manhã e percorre aplicadamente a beira-mar, enquanto todos dormem:

> "Levantei-me hoje às cinco da manhã para ver nascer o dia. Porque o próximo romance tem isso como pano de fundo /.../ Era ainda noite cerrada, mas justamente o que eu queria ver era o despregar-se o dia da noite /.../ Tenho agora algum material de suporte." (p.202).

De outra vez, e por ter decidido que o herói do romance será jornalista, vai passar algumas hora nas oficinas de um jornal (p.339). Tenta encontrar tudo o que é preciso para escrever o romance, mas há uma coisa que lhe falta e sabe que não poderá nunca encontrar: a *"inocência"*. Sabe demais, afinal:

> "Que é que em mim falha como escritor? /.../ Como ensaísta devia saber muito mais; e *como romancista devia saber muito menos"* (p.321).

Como escrever (ainda) um romance? Como, sobretudo, preservar o *prazer de escrever?* Qual a escrita (ainda) possível? No desespero de a encontrar chega a sentir a tentação, que logo afasta, de experimentar a escrita automática:

> "Fabricar as ideias nas próprias palavras que se escrevem /.../ não ter ideia nenhuma e partir à aventura para o que se não sabe que será." (p.385).

E repete, obsessivamente:

"/.../a única coisa que já só me apetece é escrever" (p.413);

"Quero escrever! Preciso de escrever!" (p.175);

"Porque é que afinal escrevo?" (p.538).

Continua sempre a escrever, porque *escrever* é a sua *aventura íntima,* a sua forma de *ser.* Escreve o quê? O romance. Sobre o romance. À margem do romance. *Escreve.* E numa espécie de "mise en abyme" ao contrário, em espiral ascendente, na sua interrogação sobre a viabilidade de uma nova escrita possível, essa escrita fora tomando forma. Estava aí, na sua frente. Mas quando finalmente toma consciência dela, não a quer:

"Não quero. Disse." (p. 506).

É uma escrita que lhe dá prazer, mas ele é romancista, quer é escrever (mais) um romance. Afasta a tentação antes que seja tarde demais, porque é já com muita dor que se arranca dessa *escrita* que se lhe tornou *vida,* talvez por ser o resultado do seu desejo veemente de fazer a *vida* tornar-se *escrita.*

Escrita *fácil,* corrente. Mas tão *difícil* chegar até ela:

"Quantos entendem a língua que eu falo? E tanto como me custou a inventá-la." (p. 533).

Escrita corrente, gostosa. Mas largou-a de vez:

"*De-fi-ni-ti-va-men-te.*" (p. 508).

Ficou com o romance. E foi (in)feliz para sempre.

Esta "história" é verdadeira, como são aliás todas as histórias. O romancista existe: é Vergílio Ferreira. O romance foi escrito, publicado e premiado: é *Até ao Fim*. E há ainda um outro livro, de que tenho estado a tentar falar aqui. Chama-se *Conta-Corrente*. É um *diário*. A ficção morreu. Viva a ficção.

Obra marginal, *Conta-Corrente?* Escrita embora nas margens de uma vida e de uma obra —

"Quanto ao diarismo /.../ inventei-o à medida que o realizava /.../ *foi-me das margens de ir sendo.*" (*Conta-Corrente 5*, p.506) —

Conta-Corrente está longe de ser uma obra marginal. A sua real importância só poderá ser avaliada quando se reconhecer que ela ocupa, na obra de Vergílio Ferreira, um lugar central: o lugar de *convergência,* de *fecundo entrecruzamento* e de possível *superação* dos problemas postos por uma *aventura romanesca* que é, na qualificada opinião de Eduardo Lourenço, "a mais interrogante aventura romanesca nossa contemporânea."[9]

---

[9] Eduardo Lourenço, "Mito e obsessão na obra de Vergílio Ferreira" in Helder Godinho, org., *ob. cit.*, p.388.

5. *Em Nome da Terra,* uma última "invocação ao meu corpo"([1])

> *"Meu corpo. Meu irmão. Sem princípio nem fim."*
>
> *(Invocação ao meu Corpo)*

Invocação ao Meu Corpo, título de um notável ensaio poético-filosófico de Vergílio Ferreira, poderia ser também o título único desse *único livro* que, como todos os grandes escritores, Vergílio Ferreira escreveu e que é a totalidade da sua obra. A justeza desse título global é comprovada pelo mais recente dos seus romances – *Em Nome da Terra* – que é construído de forma evidente como uma invocação ao corpo, uma pungente invocação ao corpo em degradação. Presente desde a sugestiva epígrafe – "Hoc est corpus meum" – a palavra *"corpo"* reaparece com frequência ao longo do texto do romance (nas cerca de quarenta páginas correspondentes aos quatro primeiros capítulos, por exemplo, *"corpo"* surge mais de quarenta vezes).

Perante este ressurgir em força da temática do *corpo,* e especificamente da *invocação ao corpo,* é oportuno reflectir não só sobre a sua constância na obra vergiliana mas também

---

([1]) Publicado em *Letras e Letras,* nº **33, Set./1990.**

sobre a sua evolução. Uma reflexão em que tentarei distinguir, sem as separar, duas vertentes: a do *corpo* – ligada à temática existencial de há muito reconhecida como central na obra de Vergílio Ferreira; e a da *invocação* – processo característico da sua escrita que, com a *evocação*, consagra a omnipresença da *voz* criadora, do problema do *ser e do poder da linguagem*, temática não menos central, a nível mais profundo, na obra deste escritor.

A posse do corpo

Emergindo em regular constância na obra de Vergílio Ferreira, a *invocação ao corpo* explode em dois momentos separados por mais de vinte anos – o ensaio *Invocação ao Meu Corpo* (1966) e o romance *Em Nome da Terra* (1990). No primeiro desses momentos, a invocação ao corpo surge na sequência directa da invocação da imagem da condição humana, tão presente em *Aparição:*

> "Se tu viesses, imagem da minha condição...Se aparecesses..."(*Aparição*, p.44).

Uma imagem que se vai em alguma medida fixar, em *Invocação ao Meu Corpo*, na imagem do *corpo* – símbolo da finitude do Homem e sede da sua infinitude, casulo inseparável do *"eu"* que o habita e de que não se distingue:

> "Porque *eu sou o meu corpo.*" (*Invocação ao meu Corpo*, p. 283);

> "Não existo eu *mais* o meu corpo: sou um corpo que pode dizer *"eu".*"(*ibidem*, p.286).

Se em *Invocação ao Meu Corpo* o "eu" e o corpo são um só, globalizados por uma concepção filosófica, em *Em Nome da Terra* vemos essa unidade indissociável ser obrigada a separar-se, quebrada pelo brutal braço de ferro da morte anunciada na degradação do corpo. A unidade do "eu" e do corpo já não é mais que uma lembrança:

> "Nesta casa estou só com o meu corpo, lembro-me muito bem de quando éramos os dois num só e íamos criar o mundo todo."(*Em Nome da Terra,* p.10).

Com toda a sua intensidade poética, *Invocação ao Meu Corpo* é uma obra em que a dimensão filosófica se sobrepõe à dimensão emotiva. O corpo é tratado essencialmente como símbolo, o que o próprio Vergílio Ferreira explicita no "Post-Scriptum" anexo a *Invocação ao Meu Corpo:*

> "O termo visado neste ensaio, o ponto de convergência de toda a problemática enunciada, é o da reconquista da plenitude do indivíduo, referenciado ao corpo que o constitui. Porque o corpo não delimita aqui um interesse pelo "corpóreo", mas o lugar em que tudo ao homem acontece – mesmo aquilo que o excede." (p. 380).

Sem deixar de ter dimensão filosófica, o tratamento do tema do corpo de *Em Nome da Terra* reveste-se de uma emoção – de uma *comoção* – que, diferenciando-o, o torna um tratamento novo. Outro sem deixar de ser o mesmo, como é característico de Vergílio Ferreira, que assume e usa a repetição como técnica de intensificação, inventando nela um ritmo criativo e inovador. Repetição, encontramo-la sem dúvida na sequência destes dois momentos: é possível, sem forçar, ler *Em Nome da Terra* como uma glosa, em registo romanesco, de dois dos capítulos de *Invocação ao Meu Corpo:* "Ode ao meu corpo" e "A subjectividade do corpo". Mas a renovação é também evidente e nasce do próprio contraste entre dois tratamentos do mesmo tema — o corpo; a podridão, sujidade e envelhecimento do corpo — focalizado uma vez *de fora,* outra vez *de dentro.* Glosando partes de *Invocação ao Meu Corpo,* o presente romance institui-se ao mesmo tempo como reflexão crítica e amarga sobre elas: falavam do corpo, pensavam o corpo, quando ele ainda não existia

> "O corpo. Mas não devia pensar nele porque ainda não existia."(*Em Nome da Terra,* p.172).

A filosofia esmagada pela força da vida, como Vergílio Ferreira proclamara no romance anterior, *Até ao Fim:*

> "A vida é só ela a ser, sem argumentação. Há mais verdade numa couve que em toda a filosofia."(p. 232).

Mas se em *Até ao Fim* essa mensagem procurava diligentemente ser optimista — a força brilhante e generosa da vida —, agora é assumida, em dor sincera, na sua verdade — a força da vida, a sua última e definitiva demonstração de força, é a morte. Que é a morte do homem, note-se, e não a morte da filosofia, porque em grande medida a filosofia nasce justamente da tentativa sempre renovada de compreender a morte.

140

A desapropriação do corpo

Ao reaparecer como tema obsessivo, em *Em Nome da Terra*, o corpo já não é apenas um símbolo, uma imagem: é real e sentido, existe, *só agora existe*. É o corpo assumido como algo de novo, desconhecido até aí, algo que só agora começou a existir e tem pressa em se manifestar:

> "E este chato do corpo que até agora não existia"(*Em Nome da Terra*, p. 13);

> "O corpo. A sua urgência insofrida em se manifestar. Mas também ele nunca existira para mim, quem existia era eu."(*ibidem*, p. 19).

As referências ao corpo, que surgem repetidamente ao longo do romance, sublinham constantemente a evidência do corpo como descoberta e aprendizagem própria da velhice:

> "Só há uma linguagem para se falar de um corpo /.../ sei-a agora, que o essencial de tudo leva imenso tempo a aprender." (p. 32) e

> "/.../a velhice é imensa, a velhice é incomensurável" (p. 225).

É ao separar-se progressivamente do seu corpo, ao sentir-se desapossado dele, que o homem toma consciência de que o corpo existe; uma verdade conhecida, afinal, desde *Invocação ao Meu Corpo:*

> "Separarmo-nos das coisas é saber que elas existem." (p. 65).

No rol das experiências-limite vividas intensamente pelo "herói" vergiliano, a de João, o narrador de *Em Nome da Terra,* é a experiência-limite da *desapropriação do corpo,* sob a dupla prova da amputação e da degradação física. A experiência-limite da velhice e da morte iminente já fora vivida por Paulo, o narrador de *Para Sempre,* como a quase indizível experiência temporal de se sentir empurrado para fora do tempo humano e projectado na eternidade; para João, o narrador de *Em Nome da Terra,* essa experiência da velhice e da morte materializa-se no sentir-se desapossado do seu próprio corpo. Tal como Paulo via o tempo de fora do tempo e se sentia fora do tempo e da vida embora ainda dentro deles, João vê o corpo de fora do corpo (literalmente, no caso da perna amputada) e sente-se fora do seu corpo embora ainda dentro dele. O corpo separa-se do "eu" na medida em que se degrada e se torna podridão; experiência de horror e nojo percorrida por uma inesperada e comovida ternura pelo homem reduzido à dimensão do seu corpo degradado e cansado:

"Meu corpo. Isto é na verdade o meu corpo. É uma palavra sagrada, Mónica. Um deus sagrou-mo e eu olho-o quase com ternura e terror."(p.99).

Ternura inesperada, imensa — "É imensa e aflitiva como a ternura."(p.294) — , o humanismo levado aos limites do possível, o culto pelo Homem até à última centelha de humanidade que o anima. O espanto maravilhado perante a Vida e o Homem, que individualiza a escrita de Vergílio Ferreira, redobra-se e desdobra-se, neste último romance, em ternura comovida perante a maravilha de *ainda ser* recortada no contraste trágico com a iminência do *já não ser.* Ainda e sempre, um grande homem rendido e perplexo ante a grandeza do Homem.

Invocação, evocação – *a voz criadora*

Invocação ao corpo degradado, *evocação* da perfeição concretizada no corpo outrora perfeito de Mónica. *Invocação, evocação:* chamar com a *voz,* fazer existir pela *voz,* pela linguagem. A *voz,* uma explícita presença obsessiva na obra de Vergílio Ferreira, indicia a presença, não menos obsessiva, do tema da *linguagem.* Pela linguagem – na *evocação* – é criada a memória (im)possível, a narração (im)possível; pela linguagem – na *invocação* – é criado o interlocutor (im)possível desse diálogo desejado e nunca conseguido pelo "herói" vergiliano.

O *corpo* invocado constitui um *interlocutor mudo,* como *mudos* são outros destinatários do discurso produzido por muitos dos narradores dos romances de Vergílio Ferreira: Mónica, a mulher já morta, destinatária da longa carta que é o texto de *Em Nome da Terra;* o corpo morto do filho, interlocutor de Cláudio ao longo do trágico velório que suporta a diegese de *Até ao Fim;* Sandra, também já morta quando Paulo se lhe dirige intensamente, em *Para Sempre.* O *"tu"* é sempre inexistente como verdadeiro interlocutor e sempre violentamente desejado, presença ausente:

"Porque um "tu" é um "eu" que estamos vendo em alguém, um "eu" fugitivo, inapreensível e todavia tão presente que nos perturba de inquietação."(*Invocação ao Meu Corpo,* p. 76).

A incomunicabilidade *"eu"–"tu"*, uma problemática já assumida programaticamente em *Estrela Polar,* concretiza-se em *Em Nome da Terra* na pungente relação de João com Mónica depois de atacada pela loucura senil, uma relação de comunicação impossível com alguém que já não pode ser um "tu" porque deixou de ser um "eu": o corpo desabitado do "eu", versão simétrica do "eu" desapropriado do corpo.

A inexistência do "tu", que é impotente na sua mudez irreversível, deixa o narrador livre para criar esse interlocutor intensamente desejado e para o criar de acordo com a sua vontade:

"Tenho no meu poder fazer-te perfeita, não vou perder essa possibilidade."(p.32-33).

O interlocutor mais vezes desejado, a mulher amada, é *invocado* e *evocado* mais uma vez em *Em Nome da Terra* com intensidade([2]) e em perfeição. O acto do baptismo – "Eu te baptizo em nome da Terra, dos astros e da perfeição"– , repetido e tão evidenciado no romance, é o acto de dar nome que simboliza a criação pela linguagem. Criar a perfeição ao nomeá-la:

"Porque a palavra cria e liberta. Dar um nome é instaurar a independência de uma coisa com outra, e de nós com todas elas."(*Invocação ao Meu Corpo,* p. 330).

([2]) Um intensidade que não atinge, no entanto, a força inegualável da invocação-evocação de Sandra, em *Para Sempre.*

Baptismo apodado de "sacrílego" por representar uma usurpação, por parte do Homem, do poder divino de criar:

> "Deus criou o mundo com palavras. Vou-te criar até à morte."(*Em Nome da Terra,* p.122).

A esta luz, as palavras iniciais do romance são susceptíveis de uma leitura dupla:

> "Querida. Veio-me hoje uma enorme vontade de te amar. E então pensei: vou-te escrever."(p.9).

Escrever-lhe uma carta ou também "escrevê-la" a ela, criá-la na escrita? O *"tu"* e o diálogo não passam de uma ficção da linguagem que tem uma vocação dialógica inerente ao facto de ter nascido na e para a interacção face a face, de ter sido criada pelo Homem para vencer a sua irremediável solidão, chegando até ao Outro e até ao Real. Vocação tão forte que dela lhe advém mesmo o poder de criar esse Outro e esse Real que, afinal, não existem senão com a realidade que a linguagem lhes dá. Citando ainda *Invocação ao Meu Corpo:*

> "A palavra cria o mundo que a criou a ela /.../. O mundo é uma proposta muda para que falada exista."(p.348).

Está bem claro em *Em nome da terra* o tema da produtividade referencial da linguagem, do seu poder configurador do real. Como já estava, há mais de vinte anos, em *Invocação ao Meu Corpo,* esse ensaio belíssimo em que Vergílio Ferreira se ocupa largamente da Filosofia da Linguagem, desenvolvendo reflexivamente e condensando poeticamente o tema fulcral *do ser e do poder da linguagem,* tópico sempre actual e hoje amplamente reactualizado numa hora em que a Filosofia é essencialmente assumida como tentativa de construção de um saber totalizador sobre a *linguagem,* caminho mais directo para chegar a um saber totalizador sobre o Homem.

6. *Invocação ao Meu Corpo:* da sujectividade do corpo à subjectividade da linguagem ([1])

> *"Notre étude se dira philosophique principale-ment pour des raisons négatives. En effet, elle ne traite ni de linguistique, ni de philologie, ni de littérature. Quant aux raisons positives, les voici: notre étude se situe dans les sphères limitrophes, aux frontières des disciplines mentionnées, à leur jointure, à leur croisement."*
>
> (M. BAKHTINE, *Esthétique de la création verbale*)

A opinião simplista de que não há uma tradição filosófica em Portugal esquece um campo importante e pouco explorado: o da literatura. Aceita-se pacificamente aquele lugar comum que dá como certo ser o génio português mais dotado para a poesia do que para a filosofia, como se poesia e filosofia fossem incompatíveis e como se Camões ou Pessoa precisassem de ter renunciado a ser criadores literários para poderem ver reconhecida a sua criatividade filosófica. Isto para só citar os casos mais evidentes.

Outro caso evidente, na nossa actualidade, é o de Vergílio Ferreira. Reconhecido como um dos grandes romancistas do nosso tempo, Vergílio Ferreira não pode deixar de ser

---

([1]) Publicado na *Revista da Faculdade de Letras, Série de Filosofia*, nº 7, Porto, 1990.

igualmente avaliado como um grande pensador, como um criador também no âmbito da filosofia (^{2}), como um dos exemplos flagrantes de que não há incompatibilidade nem fronteiras entre a *criação literária* e a *criação filosófica*(^{3}). Não é suficiente, para dar conta deste importante aspecto da obra de Vergílio Ferreira, juntar à qualificação de romancista a de *ensaísta*, como é corrente fazer-se. É que o *ensaio*, apesar de ser um género literário originariamente ligado à criação filosófica, perdeu em parte essa marca específica e hoje está mais conotado com a actividade do estudioso e do crítico do que com a do criador(^{4}). Vergílio Ferreira cultivou

---

(^{2}) Já chamei a atenção, num artigo de 1986 (ver, atrás, "Vergílio Ferreira: a Palavra, sempre e para sempre.") para a necessidade de atribuir a Vergílio Ferreira, e nomeadamente ao ensaio *Invocação ao Meu Corpo*, um lugar de relevo no âmbito da filosofia. Algo que já tinha sido, aliás, preconizado pelo filósofo brasileiro José Rafael de Meneses que publicou em *Convivium* (Revista Brasileira de Filosofia), nº19, 1976, um artigo sobre *Invocação ao Meu Corpo* intitulado "Um filósofo lusitano: Vergílio Ferreira" (artigo reproduzido in H.Godinho,org., *Estudos sobre Vergílio Ferreira*, Lisboa, Imprensa Nacional-Casa da Moeda, 1982, pp.307-319).

(^{3}) Ao usar aqui as expressões "criação filosófica" e "criador filosófico" em alternativa a "filosofia" e a "filósofo" move-me a intenção de sublinhar que é importante estabelecer, no âmbito da filosofia, uma distinção entre actividade criadora e actividade crítica do tipo da que se estabelece no âmbito da literatura em que designações diferentes ajudam a manter distintos o estatuto do criador literário e o do estudioso da literatura. No caso da filosofia, a um e a outro destes estatutos corresponde a designação única de "filósofo".

(^{4}) Não está aqui implícita qualquer intenção de considerar que a actividade crítica não é criadora, mas apenas e ainda o apontar para a necessidade, já assinalada na nota anterior, de estabelecer uma distinção metodológica entre dois tipos diferentes de criação: aquela que pressupõe como condição *sine qua non* um *saber* entendido como soma de conhecimentos explicitados e interpretados e aquela que visa construir não esse tipo de saber plural (conhecimentos) mas antes um saber singular (conhecimento), saber esse que, mesmo quando alimentado e fecundado

o ensaio crítico em muitos dos seus escritos, nomeadamente nos que coligiu em quatro volumes de *Espaço do Invisível*(⁵). Mas com um ensaio como *Invocação ao Meu Corpo* entra indiscutivelmente na área da criação filosófica.

Invocação ao Meu Corpo consolida e alarga um género já antes tentado por Vergílio Ferreira com o pequeno ensaio *Carta ao Futuro* e com uma parte de *Do Mundo original*, género para que quer o próprio autor quer outros têm proposto designações como "ensaio poético", "ensaio-emoção", "ensaio-ficção" (⁶)... Tentativas terminológicas que procuram, afinal,

---

pelos conhecimentos, pode prescindir de os explicitar. Estas duas atitudes podem ser tomadas por um mesmo autor e em relação a um mesmo tema, como evidencia, por exemplo, o confronto entre dois ensaios de Vergílio Ferreira: *Da Fenomenologia a Sartre* (1962) e *Invocação ao Meu Corpo*(1969).

(⁵) Para além dos ensaios coligidos em *Espaço do Invisível I*(1965), *II*(1977), *III*(1977) e *IV*(1987) são de referir também como ensaios críticos alguns dos que integram *Do Mundo Original*(1957) e ainda *Da Fenomenologia a Sartre*(1962) – publicado como "Prefácio" (de 200 páginas...) à tradução portuguesa da conferência de Sartre *O Existencialismo é um Humanismo* –, *André Malraux*(1963) e "Questionação a Foucault e a algum estruturalismo"(1968), "Prefácio" à tradução portuguesa de *As Palavras e as Coisas* de M. Foucault.

(⁶) Estas designações procuram distinguir em relação aos ensaios críticos, já referidos na nota anterior, o género de ensaio a que pertencem, na obra de Vergílio Ferreira, uma parte de *Do Mundo Original* (1957), *Carta ao Futuro* (1958), *Invocação ao Meu Corpo*(1969) e *Arte Tempo* (1988). A simples constatação de que *Do mundo Original* tem um carácter híbrido (coexistem ainda nessa publicação os dois tipos de ensaio que, a partir daí, irão ser publicados em separado) e de que *Carta ao Futuro* e *Arte Tempo* são ensaios muito curtos, é suficiente para evidenciar que *Invocação ao Meu Corpo* ocupa um lugar isolado na extensa obra de Vergílio Ferreira. O que o próprio autor reconhece quando manifesta o desejo de repetir a experiência: "Gostaria de escrever um ensaio no género de *Invocação ao Meu Corpo* que foi o melhor e mais novo ensaio que escrevi."(*Conta-Corrente 2*, p.71). Desse ensaio que Vergílio Ferreira

repor de forma explícita algo que se perdeu e que deveria ser inerente ao ensaio. Com efeito, ao criar, com os seus *Essais,* o novo género literário a que passou a chamar-se ensaio, Montaigne como que proporciona novas condições "logísticas" à criação filosófica, abrindo-lhe um espaço em que pode aliar-se não apenas à argumentação intelectual e à exigência demonstrativa mas também à experiência íntima e à exigência estética ([7]).

Invocação ao Meu Corpo é uma obra em que se reacende esse carácter originário do ensaio como lugar de expansão da criação filosófica potencializada pela realização estética e pela vivência interior. Um "voltar atrás" só aparente, já que motivado por algo muito actual: a influência do romance, a contaminação romanesca do ensaio, que mais adiante analisarei. "Face au roman tous les genres commencent à résonner autrement.", diz Bakhtine([8]): é o ensaio, neste caso, o género que o romancista que Vergílio Ferreira essencialmente é faz ressoar de outra forma, tão outra que a qualificação de "ensaio" se revela insuficiente, como vimos, para *Invocação ao Meu*

---

tinha intenção de escrever e que chegou a ter um título – *Um Dia de Verão* – só foi publicado um pequeno excerto (in *Afecto às Letras,* Homenagem a J. Prado Coelho, Lisboa, Imprensa Nacional-Casa da Moeda, 1984, pp.658-663), pelo que *Invocação ao meu Corpo* continua a ser caso único, na obra vergiliana. Muito haveria ainda a analisar, a partir do confronto entre os vários ensaios enumerados aqui (e na nota anterior): é que apesar de existirem alguns estudos sobre o ensaísmo de Vergílio Ferreira, ele não foi ainda objecto de uma análise global que sistematize e conjugue os vários ensaios levantando as relações que os ligam entre si e ao resto da obra do autor.

([7]) Seguindo, aliás, um caminho já trilhado por Santo Agostinho, nas *Confissões.*

([8]) *Esthétique et Théorie du Roman,* 1975, trad. francesa, Paris, Gallimard, 1978, p. 472

Corpo. A transformação dos outros géneros por influência do romance é caracterizada por Bakhtine como "/.../ libération de tout ce qui est conventionnel, nécrosé, amorphe, de tout ce qui freine leur propre évolution et les transforme en stylisation de formes périmées."[9] Uma análise que se aplica inegavelmente ao processo de transformação que sofre o ensaio em *Invocação ao Meu Corpo:* não há nesta obra nada de convencional, necrosado ou já estilizado; poucas vezes a designação "ensaio" terá aderido tão espontaneamente ao seu sentido literal de *tentativa:* a tentativa de encontrar solução para o impasse que um outro romancista, Michel Butor, confessou ter sido a sua motivação para escrever romances: querer ser ao mesmo tempo, e sem poder decidir-se, filósofo e poeta[10].

Obra original e poderosa, espécie de *suma* poético-filosófica da cultura e do sentir do homem do nosso tempo, nunca *Invocação ao Meu Corpo,* ao longo dos mais de vinte anos que nos separam já da sua publicação, recebeu a atenção que lhe seria devida [11]. Talvez por ter sido considerada demasiado filosófica para motivar a crítica literária e demasiado literária para motivar a crítica filosófica... Talvez. Mas, a meu ver, é justamente no balancear entre estes dois excessos

---

[9] Idem, *ibidem,* p.472.

[10] Cf. Michel Butor, *Répertoire I,* Paris, Minuit, 1962.

[11] Para além de algumas curtas recensões críticas, por altura da sua publicação, *Invocação ao Meu Corpo* permaneceu quase esquecida. Um esquecimento de que Vergílio Ferreira se tem queixado com algum azedume, nas páginas de *Conta-Corrente:* "De vez em quando releio *Invocação ao Meu Corpo.* E fico um pouco encavacado por quase ninguém ter dado por ele/.../Ele tem ao menos, ó ingratos, a importância de ser entre nós um exemplo raro, não sei se único/.../ Há mesmo em todo ele, ficai sabendo, uma inteligência activa que me livra bastante do perigo da estupidez."(*Conta-Corrente 5*, p. 255). Ver também, a este respeito, a *nota 13* do estudo 1."Vergílio Ferreira: A Palavra...", neste mesmo volume.

que se situa a força desta obra. Por isso tentarei, na abordagem que dela me proponho fazer, respeitar essa ambiguidade constitutiva da sua unidade original e assumir uma perspectiva que não se reconhece nem como filosófica, nem como literária, nem como linguística mas que, situando-se na intersecção entre elas, a todas pressupõe ([12]).

Criatividade filosófica

Uma obra como *Invocação ao Meu Corpo* suscita, pois, um revisitar do tema heideggeriano das relações entre filosofia e poesia e testemunha que a criação filosófica e a criação estética podem, em alguns momentos, tornar-se inseparáveis e mutuamente potencializadoras. A realização estética, longe de mitigar ou anular as incidências filosóficas de uma obra, pode torná-las mais fortes: a forma artística potencia o conteúdo filosófico porque lhe imprime a força desse impulso para a *totalização* que é, a nível profundo, o traço definidor da filosofia.

A escrita de *Invocação ao Meu Corpo* é o resultado da potencialização mútua desses dois poderosos impulsos para a totalização: o da *reflexão filosófica* e o da *criação literária*. É do cruzamento fecundo dessas duas *tensões* que nasce o que aqui chamo *criatividade filosófica*, recorrendo a uma expressão usada pelo próprio Vergílio Ferreira, num passo de *Conta-Corrente*([13]).

([12]) Cf. a afirmação de M. Bakhtine que citei em epígrafe (*Esthétique de la Création Verbale,* Paris, Gallimard, 1984, p. 311).

([13]) Cf. "Há todavia uma habilidade que nunca cultivámos e continua sem cultivo e é a filosofia. /.../ não me refiro aos professores, aos

É sabido que a arte procura, tal como a filosofia e aparentemente com menos esforço, atingir a *totalização*. Mas não substitui a filosofia, porque não anula nem preenche, antes agudiza, a premência de encontrar resposta para a interrogação original em que a filosofia se gera. Vergílio Ferreira que, nos seus romances, leva até ao limite máximo as implicações filosóficas inerentes à força totalizadora da arte, em *Invocação ao Meu Corpo*, enveredando por uma explicitação que se lhe tornara inadiável, tenta e consegue uma experiência de conjugação activa da reflexão filosófica com a criação estética. E imprime-lhe a força do que P. Ricoeur, ao reflectir, na última parte ([14]) de *La Métaphore Vive*, sobre as relações de intersecção entre o discurso poético da literatura e o discurso especulativo da filosofia, refere como "la puissance spéculative de la pensée poétisante" (com o seu reverso inseparável,"la puissance imaginative de la poésie pensante") ([15]) .

É na intersecção entre discurso poético e discurso especulativo, na tensão que se estabelece entre eles, que se gera a escrita de *Invocação ao Meu Corpo*, num processo em que "/ .../ sur un mode exploratoire et non plus dogmatique, sur un mode où l'on n'affirme plus qu'en questionnant"([16]) se expan-

---

eruditos, aos comentaristas amadores ou profissionais. /.../Refiro-me é à *criatividade filosófica*. /.../pode-se ser criador em filosofia sem se ser conhecedor profundo de tudo o que se filosofou no passado;/.../A filosofia, como a arte, actua em quem começa como um choque emotivo e mental que funda nesse sentir e jogo intelectual o arranque e orientação para uma *criatividade*." (*Conta-Corrente 4*, p.31-32).

([14]) "Huitième Étude – Métaphore et discours Philosophique" in *La Métaphore Vive*, Paris, Seuil, 1975, pp.323-399.

([15]) P. Ricoeur, *ob.cit.*, p.394.

([16]) Idem,*ibidem*, p.391.

de "/.../ce que le langage poétique demande au discours spéculatif de penser."([17]).

A originalidade de Vergílio Ferreira, nesta obra, reside não apenas no conjugar destes dois impulsos criativos (outros filósofos o fizeram), mas na qualidade e força com que os conjuga. "A ciência tranquiliza, a arte perturba", lembra mais que uma vez em *Invocação ao Meu Corpo,* citando Braque. A filosofia – expressão máxima da inquetação humana – pode procurar mitigar essa inquietação ligando-se à ciência, pode intensificá-la ligando-se à arte. É esta segunda solução que *Invocação ao Meu Corpo* documenta, é este segundo caminho que Vergílio Ferreira aí escolhe trilhar. O vigor de uma inteligência que quer abarcar uma vasta problemática filosófica é inseparável e decorrente de uma forte tensão emotiva e de um poderoso impulso para a criação estética. Num cômputo final, a última prevalece, porque é a *escrita* que comanda. Uma escrita que não serve o pensamento, não o segue, antes o precede e arrasta numa corrida vertiginosa cuja meta é a realização estética.

Uma *escrita* – e afinal não é a filosofia também uma *escrita?*([18])

([17]) Idem,*ibidem,* p.392.

([18]) Esta pergunta suscita, em eco, a resposta afirmativa de J. Cerqueira Gonçalves: "Não há filosofia a não ser numa obra e, ousaríamos acrescentar, numa obra escrita."(*Fazer Filosofia. Como e Onde?,* Braga, Universidade Católica Portuguesa, 1990, p.47). Nesta linha, o mesmo autor procura "/.../ realçar o carácter linguístico da filosofia, bem como adensar a sua natureza poiética, sugerindo, ao mesmo tempo, a possibilidade de inúmeras formas de realização de textos filosóficos."(*ibidem,* p.46). Entre essas formas de realização inclui-se, evidentemente, a obra literária (ver nota seguinte).

Do que fica dito se infere que, ao reclamar para *Invocação ao Meu Corpo* um lugar no âmbito das obras filosóficas ([19]), não o faço apenas nem principalmente com base nos temas tratados na obra ([20]), no seu conteúdo enquanto soma e interpretação do pensamento dos muitos filósofos a que Vergílio Ferreira alude e que, directa ou indirectamente, cita, revelando uma cultura filosófica extensa e actualizada. É indiscutível que Vergílio Ferreira é um dos portugueses mais cultos do nosso tempo (e sobre o nosso tempo), mas não é isso que aqui está em questão. Não são as leituras de Vergílio Ferreira que quero avaliar, é a sua *escrita*. Escrita que essas leituras fecundaram, é evidente, mas que brota com a originalidade e com a "inocência" de um sentir profundo, de uma meditação apaixonada. Originalidade quer dizer aqui, antes de mais, capacidade de remontar às origens([21]), de atravessar para além

---

([19]) Citando ainda J. Cerqueira Gonçalves: "/.../será de admitir que os conteúdos tradicionais das prateleiras filosóficas possam sofrer significativa alteração. Não é suficiente, como critério, o peso da tradição para justificar tal recheio. Outras obras, sobretudo algumas que têm figurado, até ao momento, apenas entre séries literárias, poderiam legitimamente aspirar a um duplo registo – literário e filosófico."(*ob.cit.,* p.46).

([20]) Cf. a seguinte apreciação de José Rafael de Meneses sobre o conteúdo de *Invocação ao Meu Corpo:* "Muito mais do que o título sugere, há no poderoso ensaio de Vergílio Ferreira uma cosmogonia, uma antropologia, uma estética e, fundamentalmente, uma ética."(art. cit., p. 307).

([21]) Nesta reinterpretação semântica do conceito de "originalidade" sigo uma sugestão de Vergílio Ferreira: "Porque ser original não é apenas ser novo, mas retomar seja o que for das origens de nós, da nossa zona originária." (*Conta-Corrente 4,* p.33); "Não se necessita, para ser original, ser inovador em relação ao já feito, mas sentir desde as *origens* /.../ ."(*ibidem,* p.154). Muitas passagens de *Conta-Corrente* revelam, como estas e outras que citei em notas anteriores, que Vergílio Ferreira dá expressão, no diário, a uma necessidade de explicar e justificar a sua

do muito saber e conseguir chegar, guiado por esse saber, às zonas mais profundas da inocência originária. Conservar a "inocência" quando se sabe muito é extremamente difícil, mas é indispensável para se poder *criar*.

"Aparição", um conceito filosófico

O "abalo original" a que Vergílio Ferreira chamou "aparição" e que imortalizou como título de um romance, é um abalo de natureza filosófica, não de natureza emocional, psicológica. É desse abalo que em *Invocação ao meu Corpo* continua a falar, explicitando mais amplamente a sua natureza filosófica, referindo-se-lhe como "o abalo original em que se gera a filosofia" (p.34)[22]. "Aparição", com todas as conotações poéticas que o termo possa ter é, na obra de Vergílio Ferreira, um conceito filosófico [23] que designa aquela *evidência* que é necessário colocar como primeira pedra de toda e qualquer construção filosófica e que em *Carta ao Futuro* (1958), onde o termo "aparição" surge pela primeira vez, explicita como a tentativa de

> *"/.../captar na palavra este instante infinite simal em que estou apanhando, num clarão, a fulgurante verdade do que sou."*(Carta ao Futuro, p.62).

própria obra, numa atitude de polémica implícita (que por vezes se torna rudemente explícita...) com a crítica.

[22] Todas as citações identificadas apenas pelo número da página são de *Invocação ao Meu Corpo*.

[23] Aliás, a conotação poética (metafórica) não é incompatível com a noção de conceito filosófico: "O conceito é uma acumulação de sentido que se efectua no discurso, mediante o processo de metaforização constitutivo de toda a linguagem natural e, portanto, inerente à própria filosofia."(J. Cerqueira Gonçalves, *ob. cit.,* p.68).

"Aparição" corresponde, pois, a "evidência", mas não é um mero sinónimo, já que junta à base semântica comum aos dois termos —"*ver* algo que se apresenta diante de nós de forma impositiva" — os traços sémicos "de forma súbita, inesperada" e "pela primeira vez", que traduzem a preocupação de Vergílio Ferreira em marcar a necessidade de manter sempre, em relação à evidência-fundadora da filosofia, a atitude de espanto e alarme de quando a vemos pela primeira vez, porque

> " /.../quando olhamos a evidência pela segunda vez, já ela está alinhada, classificada, endurecida entre as coisas que nos cercam."(*Carta ao Futuro*, p.24).

Essa evidência-aparição é a descoberta do *eu* por si próprio ([24]), de que, como vimos, Vergílio Ferreira fala já no curto ensaio *Carta ao Futuro* e a que irá, pouco tempo depois, dar a ressonância de uma glosa romanesca – o romance *Aparição* (1959).

Invocação ao Meu corpo retoma, alguns anos mais tarde, o tema da "aparição" de novo em tom ensaístico, mas mantendo claramente uma contaminação romanesca. Poderíamos dizer que o plano delineado em *Carta ao Futuro* é desenvolvido em *Invocação ao Meu Corpo* com o fôlego criativo que um tratamento romanesco entretanto lhe conferira. O seguinte tópico, enunciado em *Carta ao Futuro* –

> "Os limites da nossa condição...Como é espantosa a sua descoberta! Ela é paralela da morte daquilo que

---

([24]) Cf. Eduardo Lourenço, "Vergílio Ferreira, do alarme à jubilação" in *Colóquio-Letras,* nº 90, p.26: "/.../essa *transcendência do eu,* entendida como *aparição,* encontro vertiginoso do eu consigo mesmo, com o seu lado de *espanto,* de *deslumbramento,* de *pânico,* em suma, com tudo aquilo que Vergílio Ferreira expressa falando em *alarme* e *mistério.*"

descobrimos: só depois da falência das nossas invenções nos descobrimos a nós, os inventores." (*Carta ao Futuro,* p. 59) —

é o tópico que *Invocação ao Meu Corpo* desenvolve em algumas centenas de páginas. Ao desenvolvê-lo, Vergílio Ferreira vai concretizar a descoberta dos "limites da nossa condição" como descoberta do *corpo,* como "regresso ao corpo", revelando ter entretanto aprofundado o seu contacto com a fenomenologia de Merleau-Ponty. O seu lançar de um olhar filosófico sobre o *corpo,* remontando, com Merleau-Ponty [25] e M. Henry [26], ao pensamento de Maine de Biran [27], enriquece-se de uma intensidade lírica que se revela desde logo nos títulos parciais "Invocação ao Meu Corpo" e "Ode ao Meu Corpo" (o primeiro generalizado como título da obra).

A evidência da condição humana é simbolizada na evidência do *corpo* - habitáculo de um *"eu"* que nele se funde e com ele se confunde:

"Regressas ao teu *corpo,* dizes "sou *eu*"." (p. 70)

---

[25] Cf. M. Merleau-Ponty, *Phénoménologie de la Perception,* Paris, Gallimard, 1945, I Parte – "Le Corps", pp.81-232.

[26] Cf. M. Henry, *Philosophie et Phénoménologie du Corps. Essai sur l'ontologie biranienne,* Paris, P.U.F.,1965, p.4: "Parce que l'être incarné de l'homme, et non pas la conscience ou la pure subjectivité, est le fait originaire dont il faut partir, la recherche doit necessairement sortir de la sphère de la subjectivité pour élaborer une problématique concernant le *corps/.../*".".

[27] Cf. J. Deprun, org., *L'Union de l'âme et du Corps chez Malebranche, Biran et Bergson,* Notes prises au Cours de M. Merleau-Ponty à l'École Normale Supérieure (1947-1948), Paris, Librairie Philosophique J. Vrin, 1968.

mas que se levanta como uma força enorme na virulência das suas *interrogações:*

> "Regresso a mim, ao meu *corpo* onde todo o milagre aconteceu. /.../na brevidade de um pequeno ser, *eu*, anónimo e avulso, ocasional e frágil – *eu*. E todavia /.../ trago em mim a força monstruosa de interrogar." (p. 15).

O *"eu"*, evidência fundadora da construção filosófica, traz em si também o necessário ponto de partida metodológico, a capacidade de *interrogar:* a "interrogação activa" de que fala Merleau-Ponty ([28]) como devendo caracterizar o "método" filosófico.

A "aparição" surge como resultado de uma "interrogação activa" da experiência interior: *Invocação ao Meu Corpo* é uma obra que ilustra bem esse método característico da fenomenologia. Que o ilustra e o teoriza, pois Vergílio Ferreira consagra muitas páginas à caracterização da "interrogação" ([29]), pondo-a em contraste com a "pergunta" em que a "interrogação", ao resolver-se, se degrada:

> "Cada filósofo recupera esse espanto inicial, de interrogação suspensa, degradando-a em pergunta quando lhe responde com razões." (p. 216).

([28]) Cf. *ob. cit.* na nota anterior, p.56: "Ainsi, au-dedans comme au-dehors, la vraie méthode est une interrogation active /.../". Esta "interrogação activa" é referida por Merleau-Ponty como sendo o método preconizado por Maine de Biran para passar da "observação interior" à "experiência interior", um dos aspectos que permitem considerar este filósofo setecentista como um precursor da fenomenologia.

([29]) Para além de dedicar a esta questão metodológica todo um capítulo da parte inicial da obra – intitulado justamente "A pergunta e a

Se

"/.../a filosofia é a narração tranquila do que nos maravilhou, nos aterrou." (p. 216),

a "interrogação activa" tal como é praticada em por Vergílio Ferreira em *Invocação ao Meu Corpo* representa a tentativa de manter em suspenso o espanto e a interrogação, de os narrar de forma "intranquila", de procurar num permanente crescendo da tensão da escrita acompanhar o crescendo angustiante do ímpeto interrogativo.

A interrogação torna-se mais angustiante quando do interrogar sobre as coisas se passa

"/.../ ao interrogar sobre *esse que interroga*"(p.59).

Por este "transfert d'évidence"([30]), a reflexão filosófica centra-se, como vimos, no problema do *"eu"* enquanto origem da própria possibilidade de interrogar. Na sequência da obra, a evidência vai de novo transferir-se e a interrogação vai centrar-se sobre algo ainda mais problemático: o meio que "esse que interroga" utiliza para se interrogar sobre as coisas e sobre si próprio — a *linguagem*. A linguagem que se descobre, afinal, ser também inseparável do *"eu"*, tal como o *corpo*. É acentuado, ainda na linha de Merleau-Ponty, o carácter

---

interrogação" — Vergílio Ferreira retoma-a várias vezes, em capítulos posteriores.

([30]) Expressão utilizada por Merleau-Ponty in J. Deprun, org., *ob.cit.*, pp.51-52: "Partir d'un fait? Toute philosophie en est là. Le "transfert d'évidence" /.../est le progrès même de la philosophie. /.../. La philosophie est une perpetuelle interrogation et doit mettre en question l'évidence idéale elle-même."

corporal do dizer – a linguagem como gesto que parte do corpo e o prolonga na palavra:

"/.../ a nossa voz é projecção de nós através da palavra." (p.256)

A evidência da *linguagem* vem depois da evidência do *"eu"* e da evidência do *corpo,* conjugando-as: é a questão-limite, a última das "aparições" e tornar-se-á, a partir de *Aparição* e de *Invocação ao Meu Corpo,* o grande tema da obra de Vergílio Ferreira.

Esgotadas as discussões tradicionais da filosofia, a questão-limite da linguagem suscita o recolocar, com virulência máxima, dos problemas tradicionais da filosofia da linguagem – a natureza da linguagem, a relação entre linguagem e mundo, entre linguagem e ser. Uma virulência que lhes imprime um sentido totalizador de todos os problemas filosóficos, um substitui-los sem os anular, um fazê-los renascer ao julgar anulá-los. Seja qual for o prisma por que se olhe, a relevância actual da reflexão sobre a linguagem, se não destruiu a filosofia (segundo a proposta radical da filosofia analítica), não deixou, pelo menos, de a transformar. De a transformar, talvez, numa alargada filosofia da linguagem.

Da subjectividade do corpo à subjectividade da linguagem

É nesse domínio de uma filosofia da linguagem englobante de toda a filosofia que melhor se insere, a meu ver, o contributo de *Invocação ao Meu Corpo* e é também aí que mais se evidencia o lugar irradiador que, juntamente com *Aparição,* ocupa no conjunto da obra de Vergílio Ferreira.

Atentando no conteúdo dos vários capítulos de *Invocação ao Meu Corpo* constata-se que o tema da linguagem só é tratado de forma sistemática nos capítulos finais [31] – nomeadamente em "Ode ao Meu Corpo" e "Na Hora Técnica". Esta lateralidade não obsta, no entanto, a que possa ser considerado um problema central da obra na medida em que para ele convergem e nele se escoam todos os outros problemas filosóficos tratados. Algo que o autor virá mais tarde a dizer com toda a clareza pela boca de uma personagem de *Para Sempre*(1983)[32], mas que ainda não conscencializa, explicitamente, como tema central de *Invocação ao Meu Corpo*. Podemos comprová-lo lendo o resumo desta obra feito pelo próprio Vergílio Ferreira, num passo de *Conta-Corrente,* em que não é feita qualquer referência ao problema da linguagem:

> "A ideia é que, repassada a problemática do homem pelo absoluto de si, tudo se absolutiza e transfigura. Daí se passará à análise dos principais mitos que tendem a redimir esse absoluto, para finalmente fechar todo o destino humano nos limites do seu corpo."(*Conta-Corrente 4,* p. 46).

Este resumo ignora em grande medida o conteúdo da quarta e última parte da obra – que tem o título "Invocação ao

---

[31] Mas há, em capítulos anteriores, muitas reflexões sobre a linguagem em geral e até sobre a estrutura das línguas como, por exemplo, sobre os pronomes pessoais e sobre o tempo linguístico (ver, neste mesmo volume, o estudo **1**. "Vergílio Ferreira, a Palavra /.../").

[32] Trata-se de um Professor (referido, de forma inconclusiva, como sendo professor "de linguística ou filosofia") que dá uma aula sobre filosofia da linguagem (*Para Sempre,* pp.193-198). Ver, neste mesmo volume, o estudo **3**. "*Para Sempre:* ritmo e eternidade".

meu Corpo", depois elevado a título do todo – e em que justamente o tema da linguagem se expande. Logo no primeiro capítulo dessa última parte, a afirmação

"Porque *eu sou o meu corpo*" (p. 251, sublinhado pelo autor)([33])

espécie de justificação do conceito destacado como título do capítulo – "Subjectividade do Corpo" – é retomada, duas páginas depois, na variante

"Não existo eu mais o meu corpo: sou um corpo que pode *dizer "eu".*"(p. 253)

em que é sensível o resvalar da subjectividade do corpo para a *subjectividade da linguagem.*

Uma e outra suscitadas pela problemática do *"eu"*, pela tentativa de agarrar a impositiva mas fugidia realidade que é um *"eu"*, as afirmações transcritas constituem, afinal, formas diversas de "resolver" a terrível interrogação "Quem é *eu?"*,

---

([33]) É muito sugestivo comparar esta formulação com a que surge várias vezes no romance mais recente de Vergílio Ferreira – *Em Nome da Terra* (1990): "Isto é o meu corpo". Este simples confronto aponta para o aspecto essencial da evolução do tratamento do tema do *corpo* na obra vergiliana. Como tentei mostrar no estudo anterior, se em *Em Nome da Terra* Vergílio Ferreira volta, vinte anos mais tarde, à temática de *Invocação ao Meu Corpo,* este novo "regresso ao corpo", longe de ser um novo assumir da inseparabilidade entre o *eu* e o *corpo,* é antes a experiência quase indizível da *desapropriação do corpo,* sentida na velhice como pre--anúncio da morte; experiência que Vergílio Ferreira põe em contraste explícito e crítico com a plenitude da posse do corpo de que falara em *Invocação ao Meu Corpo.*

a que a segunda responde *"Eu* é quem diz *"eu"'*", num eco antecipado da hoje célebre formulação de Benveniste ([34]).

Não vou deter-me nos "encontros" de Vergílio Ferreira com Benveniste, de que já me ocupei num outro estudo; só quero aqui sublinhar que a noção de subjectividade da linguagem surge no pensamento de Vergílio Ferreira como uma extensão da noção de subjectividade do corpo.

O corpo não é algo que se tem, é algo que se é; de igual modo a linguagem (prolongamento do corpo através da *voz*) não é algo que se tem, não é um instrumento que se usa: é algo *que se é*. A voz é parte do corpo e transcende o corpo, prolongando-o e projectando-o. Parte integrante do corpo, a *voz* — e a sua realização como linguagem — é o que melhor indicia que o *corpo,* além de uma realidade natural é também uma realidade cultural([35]):

> "Interposto ao mundo, centrado nele, um corpo recebe as mensagens com ele sintonizadas e projecta-as lidas em significação humana." (p.280)

A *voz* — a Palavra —, significação projectada, confirmam que o próprio corpo tem também a imanência transcendente

---

([34]) "Est "ego" qui dit "ego". Nous trouvons là le fondement de la "subjectivité", qui se determine par le statut linguistique de la "personne"." (E. Benveniste, *Problèmes de Linguistique Générale,* I, Paris, Gallimard, 1966, p.260).

([35]) Cf. Merleau-Ponty, *Phénoménologie de la Perception,* já citada, p. 229: "La parole est l'excès de notre existence sur l'être naturel."; "On a toujours remarqué que le geste ou la parole transfiguraient le corps, mais on se contentait de dire qu'ils développaient ou manifestaient une autre puissance, pensée ou âme. On ne voyait pas que, pour pouvoir l'exprimer, le corps doit en dernière analyse devenir la pensée ou l'intention qu'il nous signifie. C'est lui qui montre, lui qui parle /.../." (*ibidem,* p.230).

reconhecida ao *"eu"*. A consciência do *"eu"* é inseparável da consciência da posse do corpo mas sobretudo da sua capacidade de "dizer eu". *Ser* é inseparável de *dizer,* como Benveniste põe em relevo com a sua noção de subjectividade da linguagem([36]) e como Vergílio Ferreira exprime na fórmula tão simples quanto densa, já acima transcrita,

"Sou um corpo que pode *dizer "eu".*"(p. 253),

em que alude ao *poder,* à *força* da enunciação a que já em *Aparição* se revelara sensível:

"/.../ela diz "eu" e quando diz "eu" é uma força enorme, uma maravilha extraordinária." (*Aparição,*p.267).

É a capacidade de dizer, a linguagem, que funda a própria consciência que o *eu* tem de si próprio e do mundo. Mas a linguagem não é só a forma de o homem estar no mundo, é também a forma de construção do próprio mundo:

"Não há a realidade *donde* eu tiro as palavras que a dizem – há as palavras *donde* eu tiro a realidade que elas inventam." (p.304)

([36]) "Deixis and Subjectivity: *loquor ergo sum?*" é o expressivo título de um artigo de J. Lyons sobre Benveniste e a noção de subjectividade da linguagem (in R. Jarvella e W. Klein, orgs., *Speech, place and action. Studies in deixis and related topics,* New York, John Wiley and Sons, 1982, pp. 101-124).

O poder do homem sobre o real, sobre o mundo, a sua capacidade de lhe dar existência pelo poder criativo do conhecimento –

"Porque nada existe se o homem não o souber." (p.204);

"O gesto da criação sou eu que o executo /.../ não há mundo fora da ordenação que o homem lhe impõe" (p.258) –

concretiza-se, em última análise, como poder de *dizer*[37]. A linguagem é a condição da criação pelo conhecimento, pois é a linguagem que dá a forma (a fôrma) ao conhecimento:

"E eis pois que a palavra surge na minha boca – alguém aí a pôs, a transmitiu, para que o mundo fosse de novo criado. /.../Porque a palavra cria e liberta." (p. 291);

"A tua língua é a realidade absoluta, impositiva, flagrante, de o mundo te existir o que é." (p. 292).

Integrado numa reflexão global sobre a experiência da condição humana ([38]), expande-se em *Invocação ao meu*

---

[37] A criação como gesto verbal, na tradição da Bíblia, é retomada por Vergílio Ferreira como *leit-motiv* do romance *Em Nome da Terra*, em que simboliza no acto do baptismo – "Eu te baptizo em nome da Terra, dos astros e da perfeição" – o gesto verbal de criar com que o Homem se investe de poder divino: "Deus criou o mundo com palavras, vou-te criar até à morte."(p.122).

[38] Cf. André Jacob, *Introduction à la Philosophie du Langage*, pp. 16-17: "On réfléchit philosophiquement sur le langage dès qu'on l'intègre dans l'ensemble de l'expérience humaine.".

Corpo o tema do *ser* e do *poder* da palavra, cerne de toda a reflexão filosófica sobre a linguagem.

O ensaio contaminado pelo romance

O que fica dito sobre o conteúdo filosófico de *Invocação ao Meu Corpo* tem que ser completado pela consideração do que especifica esta obra como *escrita,* uma escrita alternativa à escrita do romance mas por ele fundamente contaminada.

A designação de "ensaio-ficção", usada por Eduardo Lourenço em relação a *Invocação ao Meu Corpo* [39], vai ao cerne da especificidade desta obra ao apontar para o que já referi como contaminação do ensaio pelo romance[40]. Vergílio Ferreira, com toda a variedade de géneros que cultiva e em todos eles, é sempre fundamentalmente um *romancista*. A própria questionação filosófica da linguagem que ressuma da sua obra é inerente à sua natureza de romancista. A reflexão filosófica generalizada de *Invocação ao Meu Corpo* está amplamente contaminada pelo romance quer na temática quer na estrutura, como tentarei mostrar.

---

[39] Cf. Eduardo Lourenço, art.cit., p.33.

[40] Rosa Goulart, na sua obra *Romance Lírico.O percurso de Vergílio Ferreira,* Lisboa, Bertrand, 1990, p.307, ao justificar o facto de incluir referências a alguns ensaios de Vergílio Ferreira numa obra em que se ocupa apenas dos seus romances, aponta como razões "/.../a criatividade e grande investimento estético que fazem de ensaios como *Carta ao Futuro* e *Invocação ao Meu Corpo* obras a pender para a zona da criação artística propriamente dita" e "/.../a interacção romance/ensaio que desde cedo se verifica na obra do escritor".

Há uma tensão, na obra, que indicia uma *acção:* o trajecto da filosofia encarado como *aventura*. A filosofia gera-se no espanto, começa aí, sabiam-no já Platão e Aristóteles. Poucas vezes este trajecto do espanto em direcção à filosofia terá sido traçado de forma tão autêntica e vivida (e tão esteticamente conseguida) como em *Invocação ao Meu Corpo*. É um trajecto vivido e comentado, analisado ao mesmo tempo que é vivido. Entre os muitos temas filosóficos tratados na obra, e subjacente a todos, está o da própria natureza da filosofia, que é assumida não apenas como um saber, como uma reflexão, mas sobretudo na sua natureza profunda de *aventura vivida,* de odisseia intelectual e emotiva no seu aspecto trágico, com as componentes de peripécia e risco. Um romancista "acusado" de escrever romances contaminados pelo ensaio, escreve aqui um ensaio contaminado pelo romance.

Ao procurar determinar os traços de contaminação romanesca em *Invocação ao Meu Corpo,* o cordão umbilical que liga esta obra aos romances e a torna inseparável deles, vemos, pois, que começa por estar indiciada no facto de este ensaio ter uma "acção", uma peripécia, que é possível resumir como o movimento, o percurso a partir do espanto para a filosofia e o esgotar da filosofia antes do esgotar do espanto. Abalado pela *interrogação original* sobre a sua condição, o Homem tentou, em vão, encontrar resposta na Filosofia, na Arte, na Ciência, na Técnica...; a força da sua interrogação, sempre em aberto, torna-se um questionar sobre essa própria força enquanto sintoma do *"eu"* que se interroga e, depois, sobre o meio que "esse que interroga" usa para interrogar – a *linguagem*. A interrogação sobre a linguagem é uma *situação-limite,* do ponto de vista filosófico, é um sintoma máximo de *crise*.

É esta a *acção* de *Invocação ao Meu Corpo,* protagonizada por um *"herói"* que é o mesmo herói (aliás o herói-único) dos romances vergilianos ([41]) em mais uma das suas vivências de *situações-limite,* de momentos de *crise.* A estrutura da obra, passando em revista crítica as várias soluções malogradas antes de chegar à questionação da Palavra, é elucidativa desse percurso em abismo, desse caminhar em direcção ao vórtice do mistério absoluto que é o percurso lírico-filosófico do "herói" dos romances de Vergílio Ferreira. Um mesmo herói chamado Alberto, Jaime, Jorge, Paulo, João..., que em *Invocação ao Meu Corpo* nem sequer tem nome, o que o torna mais claramente apenas um homem, todos os homens, o *Homem.*

Irresistível lembrar as linhas finais de *Phénoménologie de la Perception,* de Merleau-Ponty:

"Mais c'est ici qu'il faut se taire, car seul le héros vit jusqu'au bout sa relation aux hommes et au monde et il ne convient pas qu'un autre parle en son nom."(p.520)([42]).

Levando a filosofia a passar para além deste limite em que ela crê dever calar-se, Vergílio Ferreira encena, em

---

([41]) Sobre o "mitologema do herói" na obra romanesca de Vergílio Ferreira, ver H. Godinho, *O Universo Imaginário de Vergílio Ferreira,* Lisboa, INIC, 1985, p.283 e segs..

([42]) Claro que o "herói" aqui referido por Merleau-Ponty não é o herói romanesco. Quer o contexto extra-verbal (a obra foi publicada em 1945) quer o contexto verbal(esta afirmação abre, no texto, para uma citação de *Pilote de Guerre,* de Saint-Exupéry) tornam inequívoco qual o tipo de herói real a que se alude. Mas nem só na guerra há heroísmo e estas palavras de Merleau-Ponty têm, como reveladora da sua qualidade literária, uma significação em aberto, podem desprender-se do seu contexto de produção e ganhar vida (sentido) para além dele.

Invocação ao Meu Corpo, o herói-Homem na atitude destemida de se colocar de peito aberto perante o absurdo da sua condição, de enfrentar corajosamente e sem tibiezas o desafio do mistério absoluto. Um heroísmo patente também no facto de, mesmo sabendo-se de antemão vencido, não desistir de lutar, tomando a decisão lúcida de "cansar o medo", de enfrentar o adversário invencível até ao limite das forças:

"Só é válido reconhecer-se que clamamos em vão depois de enrouquecermos."(p.176)

"Fatiguemos o nosso espanto, a nossa interrogação, até que ela nos canse de a enfrentarmos."(p.326)

Não é abusivo chamar heróica a esta luta trágica do homem que, recusando-se a baixar a cabeça, a depor as armas da sua inteligência, não desiste de interrogar, assumindo heroicamente o seu destino empolgante e trágico – o do conhecimento.

Se a temática aproxima *Invocação ao Meu Corpo* dos romances de Vergílio Ferreira, o mesmo se pode dizer de alguns aspectos da sua estrutura. O começo do livro –

"Pela noite fechada de silêncio, escrevo." (p.13) –

é quase igual ao do romance *Aparição* e, como também é habitual nos romances de Vergílio Ferreira, a situação inicial é retomada no final, quase pelas mesmas palavras, num fechar do círculo:

"Eu o reconheço no silêncio desta noite em que escrevo." (p. 329).

Um homem só, no meio da noite, escreve, assumindo sozinho o espanto e alarme de todos os homens:

"Falo de mim em ti e nos outros."(p,46)

"Arde-me a insónia nos vossos olhos adormecidos."(p. 47);

No limite do espanto, sente-se como o primeiro dos homens, no início dos tempos, tem "a face atónita de uma primeira interrogação" (p.13) e, no entanto, já correu o mundo, regressa de uma longa viagem metafísica, regressa ao seu *corpo,* à sua finitude. Invoca o seu corpo, quer encerrar-se lá e não pode porque a sua própria *invocação* é uma *voz* que o faz sair do seu corpo; é a sua *voz,* que faz parte do corpo mas o ultrapassa ao dar forma à linguagem, à Palavra — irreprimível, poderosa, criadora. A Palavra que cria o mundo, a Palavra que o cria a ele próprio que (se) escreve:

"/.../eu só, aqui, um homem fala e na sua palavra vai toda a infinitude que está antes de todos os antes/.../ (p.133)

A Palavra pela qual se projecta para o Outro, o *tu* que é também invocado na obra — até literalmente

"Reflecte um instante ao menos, *ó tu.*(p.178) —

e que está sempre presente como interlocutor explícito do longo monólogo que é o texto de *Invocação ao Meu Corpo.* Como em grande parte dos romances de Vergílio Ferreira, há também neste ensaio um interlocutor procurado, há um monólogo que se constrói como parte de um diálogo desejado. Comprova-o a recorrência de elementos dialógicos, como perguntas:

"Nunca o notaste?"(p. 58);

injunções:

"Não penses. Um instante suspende o pensamento. Com um olhar virgem olha-te" (p.69)([43]);

perguntas que respondem a perguntas:

"/.../o eco presente dessa irrealidade ausente. Que irrealidade? Não sei – e acaso a sabes tu?"(p.105);

justificações que supõem discordâncias críticas:

"/.../ a ela torno enfrentando não apenas o teu riso e o riso dos que riem contigo, mas sobre tudo a dificul-dade exces-siva de te explicar a experiência que te queria dizer." (p. 62);

objecções polemizantes:

"Que uma forma de demonstrar – tu o dirás talvez, julgando isso contra mim – é demonstrar que nada se demonstra." (p.103);

([43]) É aqui evidente o eco da célebre injunção wittgensteiniana: "Don't think, but look!" (*Philosophische Untersuchungen*, 1953, trad. inglesa, *Philosophical Investigations*, Oxford, Basil Blackwell, 1958, p. 109). Um eco que voltará em *Para Sempre*: "Oh, não penses. Olha apenas."(p.44)

alusões a um saber comum anterior:

"talvez te lembres, talvez não te lembres já." (p.79).

O *tu* constantemente presente só num dos capítulos da obra (o capítulo 16 – "Ode ao meu Corpo") é identificável com o *corpo*, o alter-ego invocado para que aponta título da obra. Em todo o resto o *tu* é o Outro, irmanado ao *eu* numa mesma condição, é o interlocutor desejado, o ausente tornado presente pela força de um impulso para a comunicação, pela premência de um desejo de comunhão. O "herói" do livro é também esse Outro, o *tu* repetidamente invocado, interrogado, respondido, enfrentado como reflexo especular do *eu* e que, como a imagem no espelho, se vê mas não se consegue agarrar[44]. O Outro, na linha de uma reflexão sobre o *corpo* que conjuga numa só as de Lévinas e Bataille[45] e as projecta para uma questionação fenomenológica sobre o *tu:* a pergunta terrível "Quem é eu?" desdobra-se em

"Que és tu?" (p. 24)

"Quê tu?" (p.132)

---

[44] Este acesso impossível ao *"tu"* fora já problematizado por Vergílio Ferreira como núcleo temático do romance *Estrela Polar* (1962). Cf. Maria Alzira Seixo, "O labirinto e a voz em *Estrela Polar*" in H. Godinho, org., *ob.cit.,* pp. 329-339).

[45] Antecipando o que P. Ricoeur afirma: "Il faut trouver, entre Bataille et Lévinas, une sorte de dialectique qui articulerait l'aspect érotique et l'aspect étique de la relation corporelle." ("De la Volonté à l'Acte" (entretien), in *Temps et Récit de Paul Ricoeur en Débat,* Paris, Les Éditions du Cerf, 1990, p.28).

Sob a forte pressão do desejo de comunicar, a subjectividade alarga-se à *intersubjectividade,* a comunicação tenta ser comunhão com o Outro na escrita (e pela escrita).

Uma escrita que pensa

A contaminação romanesca deste ensaio liga-se também à prevalência que nele tem a *escrita*[46]. Há, desde a primeira linha, uma referência ao acto de *escrever.* Escrever prevalece em relação a pensar, reflectir, sentir e, ao mesmo tempo, engloba-os num *fazer* [47], num agir que simultaneamente os origina, prolonga e soluciona.

O começo da obra, embora muito semelhante ao do romance *Aparição,* como vimos, tem algo de diferente[48], uma vez que a frase inicial de *Invocação ao Meu Corpo* explicita a referência à "escrita nocturna" que aquele romance narrava em "mise en abyme"[49].

---

[46] Cf. Rosa Goulart, *ob. cit.,* pp. 80-81: "A atenção à escrita que, no texto de ficção, nos ensaios e até no diário /.../ se exerce mostra a consciência que tem aquele que escreve de quanto do que se diz vai no modo de dizer. /.../ deixamos aqui referência a algumas páginas ensaísticas que documentam a tendência da sua pena para, mesmo aí, "resvalar" para o campo da criação poética que vivamente o atrai, o que faz com que o ensaio frequentemente com o texto romanesco se aparente."

[47] Ao insistir no carácter *poiético* da filosofia, J. Cerqueira Gonçalves identifica em grande parte o "fazer" filosófico como linguístico – "/../ o fazer da filosofia inscreve-se intencionalmente no fazer da linguagem" (*ob. cit.,* p. 31) – e considera a *escrita* como um aspecto fundamental do *fazer* filosófico (ver, atrás, nota 19).

[48] Compare-se "Sento-me nesta sala vazia e relembro. Uma lua quente de verão entra pela janela /.../" (*Aparição,* p.11) com "Pela noite fechada de silêncio, *escrevo.*"(*Invocação ao Meu Corpo,* p.13).

[49] Ver, neste mesmo volume, o estudo 2., "Um percurso de pesquisa teórico-poético sobre o Tempo e a Narração."

Invocada desde a primeira linha, a *escrita* é realmente a primeira figura, em *Invocação ao Meu Corpo*. A tal ponto que, em vez de falar de um pensamento que se exprime por escrito, prefiro falar de um pensamento que se procura na escrita, de *uma escrita que pensa,* tentando, com esta imagem, traduzir o papel motor desempenhado pela escrita, que corre à frente do pensamento, que o arrasta num movimento vertiginoso. A aventura da escrita arrasta a aventura da filosofia, duplicando o risco, duplicando a tensão. A escrita segue à frente, indiferente ao risco, incorporando-o estilisticamente, e é o seu êxito que arrasta para o êxito a reflexão filosófica, tornada inseparável da escrita. O ensaio no sentido próprio do termo.

O desejo, várias vezes explicitado, de captar e conservar a filosofia no seu estado nascente manifesta-se na tentativa de o fazer através de uma escrita em estado nascente, não domada nem dominada, torrencial, cansativa porque obsessiva. Quem faz a experiência de uma leitura seguida e integral de *Invocação ao Meu Corpo* experimenta um inequívoco cansaço que, à primeira vista, numa perspectiva estilística superficial, haverá tendência a avaliar como um "defeito" da obra. Só que o *estilo* de uma obra não se situa ao nível da forma, mas ao nível da adequação, da inseparabilidade entre conteúdo e forma: e então teremos que considerar que o *cansaço* produzido pela leitura de *Invocação ao Meu Corpo* faz parte integrante da sua estrutura, é uma componente decisiva da significação global da obra, que justamente preconiza que é o *cansaço* de uma insistência obsessiva a melhor arma (ou a única ao alcance do homem) para enfrentar a angústia de uma interrogação original sobre a sua condição.

É uma obra que nos incita a enfrentar o *risco* sem vacilar e o exprime numa escrita estilisticamente *arriscada* porque abrupta, torrencial, cheia de imperfeições, repetindo ideias, construções, palavras, e conseguindo, nessa recorrência, o *ritmo* que prolonga e potencializa o tom obsessivo do seu conteúdo (fazendo-nos pensar na afirmação de P. Zumthor "Par ses retours, la voix systématise une obsession"[50]).

As múltiplas recorrências da escrita de *Invocação ao Meu Corpo* colam-se à obsessão temática transformando-a em *ritmo* e conferindo-lhe um caráter incantatório. Se a escrita de *Invocação ao Meu Corpo* é ofegante, é essa a sua forma de ter um *ritmo,* condição *sine qua non* da especificidade literária. Ritmo de frases curtas, cortantes de acuidade reflexiva que por vezes se perde alongando-se num crescendo demonstratório pontuado de repetidos "ou seja", "ou seja", para se encontrar de novo em súbitas frases curtas, formulações rápidas e conseguidas.

Ritmo de frases longas, por vezes impensavelmente longas, quentes de intensidade emotiva que se espraia num crescendo lírico, como aquele enorme período em que o acto de amor é descrito em quase três páginas (123 linhas sem um ponto final!), num crescendo em que a escrita tenta e consegue colar-se a um subir da tensão erótica [51]. No final, a tensão erótica revela-se como tendo passado para a relação com a escrita (ou teria estado sempre aí?), numa ambiguidade que personifica a escrita, que vê o gesto da escrita como erótico,

---

[50] P. Zumthor, "Le rythme dans la poésie orale" in *Langue Française,* nº 56, p.115.

[51] Umberto Eco, na sua *Postille a "Il Nome della Rosa"* (Bompiani, Grupo Editoriale Fabbri,1984), refere ter feito uma tentativa idêntica a esta quando, ao escrever o passo de *O Nome da Rosa* em que narra um acto de amor consumado na cozinha do convento, intensificou o ritmo da escrita, na tentativa de "acompanhar com os dedos o ritmo do amplexo" (trad. port. *Porquê "O Nome da Rosa",* Lisboa, Difel, s/d, p.39).

a mão que escreve e a mão que toca o corpo feminino confundidas num só e mesmo gesto:

"Escrevo e a memória vibra-me no lume dos dedos, no acre da crispação, no peso da mão direita e côncava ao volume que a enche e transborda..." (p.280)

É a escrita esse volume que enche a mão e transborda em repetições de palavras, de ideias, num ritmo vertiginoso, arriscado, cansativo para o leitor... Mas só esse leitor cansado de acompanhar a vigília extenuante encenada pela escrita –

"Escrevo sempre/.../ Escrevo ao longo destas noites reais, ao longo de uma noite perene"(p. 39);

"Mas a vigília cansa." (p. 27).

"Cansado. Decerto. (p. 46).

"Mas estou cansado/.../" (p. 46)

"Estou cansado, estamos t odos bem cansados." (p. 46) –,

só esse leitor cansado estará em condições de, ao ler a última frase do livro, se sentir em comunhão com a voz do narrador que lhe chega

"/.../ desde o fundo do meu cansaço, dos meus medos" (p.329).

A escrita extenuante, torrencial, exorcisou os medos, varou a noite, transvazou para o dia – para o *diário*. Torna-se aparentemente menos tensa, mas não deixa de ser a mesma *escrita excessiva* ([52]). Num certo sentido, *Conta-Corrente* "continua" *Invocação ao meu Corpo*([53]): no sentido de representar um prosseguir na procura de uma escrita alternativa ao romance mas que nunca pode fugir a ser por ele contaminada ([54]). No sentido, também, de se constituir num novo espaço para uma reflexão filosófica inseparável dessa es-crita.

A insistência neste papel preponderante da *escrita* aponta para a conclusão que já no início antecipei: o valor desta obra situa-se inequivocamente a nível literário, mas esse facto não invalida o seu valor filosófico, antes o potencia. Transformar uma questionação filosófica numa escrita, como faz Vergílio Ferreira não só em *Invocação ao Meu Corpo* como também nos seus romances, é projectar essa questionação como sentido, é dar-lhe uma *solução: não a solução de uma resposta, mas a solução de uma realização.*

É transformá-la numa *obra,* no sentido que Paul Ricoeur dá ao termo: um texto capaz de criar um mundo ao projectá-lo para fora de si mesmo. É nos textos – nas "obras"– que manifestam a capacidade da linguagem de exceder a descrição do real pela invenção metafórica e pela invenção narrativa que

---

([52]) Cf. *Conta-Corrente 5*, p.533: "Tão desejado de me libertar disto. Disto, desta *escrita excessiva* /.../".

([53]) É significativo o facto de o diário ter começado a ser escrito em 1969, ano da publicação de *Invocação ao Meu Corpo*. E também o facto de Vergílio Ferreira não ter voltado a escrever nenhuma obra deste tipo, desde que começou *Conta-Corrente.*

([54]) Vergílio Ferreira reconhece a afinidade entre as duas obras, no que toca à escrita, ao dizer: "Escrita desabalada e além desta, do diário, só a de *Invocação ao Meu Corpo,* que foi de torneira aberta."(*Conta-Corrente 5*, p.254).

melhor se poderá surpreender a força da criatividade humana: *"/.../la créativité humaine se laisse discerner et cerner dans des contours qui la rendent accessible à l'analyse. La métaphore et la mise-en-intrigue sont comme deux fenêtres ouvertes sur l'énigme de la créativité."*([55]). Na linha desta formulação do *poder* da linguagem, da sua *produtividade referencial* levada ao máximo na linguagem literária (segundo P. Ricoeur teoriza e, em alguma medida, pratica), não poderá também dizer-se que uma obra como *Invocação ao Meu Corpo* abre uma janela sobre o enigma da criatividade filosófica?

Convite

O que fica dito sobre *Invocação ao Meu Corpo* é só um começo, está longe de ser o estudo profundo que esta obra merece, quer do ponto de vista literário, quer do ponto de vista filosófico. Este meu texto não quer ser mais que um *convite:* aos filósofos para que descubram esta obra literária, aos críticos literários para que dêm um pouco mais de atenção a esta obra filosófica... Quanto aos linguistas, sei que, como eu, se deixarão fascinar por *Invocação ao Meu Corpo* todos aqueles que já se aperceberam de que tentar descrever e explicar o funcionamento das línguas não apaga em nós, antes reacende, o espanto de uma "interrogação original" sobre a *linguagem* que um dia nos tocou e que determinou que escolhêssemos o seu estudo. Porque analisar e descrever uma língua não explica nem desvenda o seu mistério:

([55]) P. Ricoeur, *La Métaphore Vive,* já citado, p.21.

"No espaço restrito que a técnica nos estabelece, na filtragem da língua que a reflexão sobre ela nos dá , o mistério recompõe-se com o que nele vem de inquietante./.../ Porque numa língua /.../ uma coisa é entender cada elemento constitutivo e outra coisa é entender a vida que a anima /.../ Uma língua não se decifra, não se entende, nas suas últimas roldanas."(p. 313)

Porque é da *linguagem* que nos fala, essencialmente, *Invocação ao Meu Corpo*. Obra-síntese de uma época, uma época a que que é já se tornou um lugar comum chamar época de *crise,* indicia como sintoma maior dessa crise a questionação da linguagem. E é sob o signo da linguagem que melhor se realiza como obra de síntese. Num duplo sentido: num sentido mais imediato, por reunir os temas filosóficos mais representativos de uma época e os dissolver na questionação da linguagem; num sentido mais essencial, porque é a criação linguística que faz do tratamento desses temas uma construção sólida, imprimindo-lhe o traçado unificante que a realização estética confere a uma *obra*: "a obra, único solo onde a filosofia pode medrar."([56]).

O *poder* da linguagem, a sua força criadora de mundos, está presente em *Invocação ao Meu Corpo* como uma hipótese que se auto-demonstra. A contaminação romanesca, a realização estética, atenuam e opacificam a mensagem filosófica? Eu diria que, ao contrário, a reforçam e iluminam. A imaginação criadora, no âmbito da filosofia, é inseparável da linguagem e da criação poética, como é inseparável da

---

([56]) J. Cerqueira Gonçalves, *ob.cit.,* p.44.

experiência vivida, já que, como conclui ([57]) Ricoeur,"l'expression *vive* est celle qui dit l'expérience *vive.*"([58]).

Invocação ao Meu Corpo: expressão viva (poética), experiência vivida — *filosofia viva.*

([57]) Digo conclui porque se trata da última frase (p.61) do "Primeiro Estudo" de *La Métaphore Vive,* frase que será depois retomada mais que uma vez (sempre com o adjectivo *"vive"* em itálico), produzindo ecos, ao longo do texto, que sublinham a força da adjectivação presente no título da obra.

([58]) P. Ricoeur, *ob. cit.,* p.391.

OBRAS DE VERGÍLIO FERREIRA CITADAS
NO PRESENTE VOLUME (¹)

ROMANCES:

Mudança, 3ª ed., Lisboa, Portugália,1969 [1949].
Aparição, 3ª ed., Lisboa, Portugália,1960 [1959].
Cântico Final, Lisboa, Ulisseia,1960.
Estrela Polar, 3ª ed., Lisboa, Bertrand, 1978 [1962]
Apelo da Noite, Lisboa, Portugália, s/d [1963].
Alegria Breve, 5ª ed., Lisboa, Bertrand,1981 [1965].
Nítido Nulo, Lisboa, Portugália, s/d [1971].
Rápida, a sombra, Lisboa, Arcádia, 1975.
Signo Sinal, Lisboa, Bertrand, 1979.
Para Sempre, 2ª ed., Lisboa, 1984 [1983].
Até ao Fim, Lisboa, Bertrand, 1987.
Em Nome da Terra, Lisboa, Bertrand, 1990.

ENSAIOS:

Do Mundo Original, 2ª ed., Lisboa, Bertrand, 1979 [1957].
Carta ao Futuro, 4ª ed., Lisboa, Bertrand, 1985 [1958].
Da Fenomenologia a Sartre, Introdução à tradução de *O Existencialismo é um Humanismo,* de J.-P. Sartre, 4ª ed., Lisboa, Presença, 1978, pp.11 – 201 [1962].
Espaco do Invisível I, Lisboa, Portugália, s/d [1965].
Questionação a Foulcault e a algum estruturalismo, Prefácio à tradução de *As Palavras e as Coisas,* de M. Foucault, Lisboa, Portugália Editora, 1968, pp. XXI-LV.

(¹) As indicações bibliográficas referem-se às edições que foram consultadas (e para que remete a indicação do número da página aposta a todas as citações); figura também, entre parêntesis rectos, a data da 1ª edição, nos casos em que não tenha sido essa a edição citada.

Invocação ao meu Corpo, 2ª ed., Lisboa, Bertrand,1978 [1969].
Espaço do Invisível II, Lisboa, Arcádia, 1976.
Espaço do Invisível III, Lisboa, Arcádia, 1978.
Espaço do Invisível IV, Lisboa, Imprensa Nacional-Casa da Moeda, 1987.
Arte Tempo. Lisboa, Rolim, s/d [1988].

DIÁRIO:

Conta-Corrente 1, 2ª ed., Lisboa, Bertrand, 1981 [1980].
Conta-Corrente 2, 2ª ed., Lisboa, Bertrand, 1981 [1981].
Conta-Corrente 3, Lisboa, Bertrand, 1983.
Conta-Corrente 4, Lisboa, Bertrand, 1986.
Conta-Corrente 5, Lisboa, Bertrand, 1987.

ENTREVISTAS:

Um escritor apresenta-se. Apresentação, prefácio e notas de Maria da Glória Padrão, Lisboa, Imprensa Nacional-Casa da Moeda, 1981.

ÍNDICE

	pag.
Prefácio	9

1. Vergílio Ferreira: A Palavra, sempre e para sempre.Conhecer poético e teoria da linguagem. ... 15
- Conhecer poético ... 17
- Aparição da Palavra ... 24
- O Homem na e pela Palavra ... 30
- Dizer *"eu"* ... 34
- O Tempo ... 38
- Questionar a evidência ... 41

2. Um percurso de pesquisa teórico-poética sobre o Tempo e a Narração. ... 45
- Um romancista interroga-se ... 46
- O Tempo: pesquisa e problematização ... 49
- "Agressões" temporais ... 54
- Uma longa escrita nocturna ... 61
- Contar ou presentificar? ... 68
- Um presente "que não é nunca" ... 72
- Teorização produtiva ... 77

3. *Para Sempre*: ritmo e eternidade. ... 79
- Tempo ... 79
- Ritmo ... 86
- Repetição ... 95
- Suspensão ... 99
- Eternidade ... 102

185

- Contar uma história 105
- Perplexidades 109
- Invenção 112
- Entre dois silêncios 115
- Eco 119

4. *Conta-Corrente:* a história de uma aventura romanesca. 121

5. *Em Nome da Terra,* uma última "invocação ao meu corpo". 137
- A posse do corpo 138
- A desapropriação do corpo 141
- Invocação, evocação: a *voz* criadora 143

6. *Invocação ao meu Corpo:* da subjectividade do corpo à subjectividade da linguagem. 147
- Criatividade filosófica 152
- "Aparição", um conceito filosófico 156
- Da subjectividade do corpo à subjectividadeda linguagem 159
- O ensaio contaminado pelo romance 167
- Uma escrita que pensa 174
- Convite 179

Obras de Vergílio Ferreira citadas no presente volume 181

Execução Gráfica
G.C. – Gráfica de Coimbra, Lda.
Tiragem, 2100 ex. – Abril, 1992

Depósito legal nº 55275/92